Fan
ファン文庫
TearS

# スイーツの泣ける話

JN103011

株式会社 マイナビ出版

TearS

CONTENTS

# パウンドケーキが好きで
# サプライズが嫌い

鳩見すた

テラス席に注文を取りにきたウェイトレスが、いきなり踊りだした。

郊外のアウトレットモール。

カフェが並ぶ石畳の広場には、買い物にきたファミリーやカップルが大勢いる。

スピーカーから流れる音楽にあわせ、ウェイトレスは憑《つ》かれたように舞っている。

通りかかる買い物客たちが、なにごとかと足を止めた。

その中のひとり、子どもを連れたパパと思《おぼ》しき男性が、ウェイトレスに触発されたようにステップを踏み始める。

突然ダンスを始めたパパに戸惑う家族。

しかしパパにウィンクされると、ママと娘は顔を見あわせうなずいた。

買い物袋を足元に置き、一家は満面の笑みで踊りだす。

その小芝居を見て、私はぞっと寒気《さむけ》がした。彼氏を誘ってカフェにきたところ、どうやらフラッシュモブに巻きこまれてしまったらしい。

フラッシュモブは、通行人を装った集団によるパフォーマンスだ。無関係な人たちが連鎖的に踊りだしたように見えるけれど、あらかじめ企画されたショーにすぎない。おおむね日本では、男性が女性にプロポーズする際の演出に使われる。

静かにケーキを食べたいだけの私にとっては、まさに最悪のイベントだ。

テラス席には見物客が集まってくるし、手拍子を催促する圧も感じる。

私は迷惑な主人公気取りを探すべく、辺りを見回してはっとなった。

「すごいね、遙香《はるか》ちゃん！　こんなのが見られるなんて、超ラッキーだね！」

向かいの由利《ゆり》くんが、きらきらと目を輝かせて手を叩いている。まるで子どもみたいな反応だけれど、これでも私と同じ大学四年生だ。

ぜんぜんラッキーじゃないよ――口から出かかった言葉を私は呑みこむ。

年齢的にはまだ早いけれど、このあと由利くんが踊りだす可能性もなくはない。

私はお愛想の手拍子をしながら、はらはらと成り行きを見守った。

客として潜んでいたダンサーたちが三々五々に加わって、その輪は二十人ほどの規模になった。やがてダンサーのひとりがこちらへやってくる。

嘘でしょと私は震えたけれど、ダンサーは由利くんの横を通りすぎた。

ひとつ奥のテーブルに、二十代後半くらいのカップルがいる。彼氏はあからさまにそわそわしていたので、どうやら彼が主人公らしい。向かいの彼女は所在なげにうつむいているので、気づいていないふりを演じているのだろう。

ダンサーに導かれ、カップルの彼氏が輪の中心で不格好なダンスを踊った。

彼女は空気を読んで口元を覆い、「信じられない」という顔を作っている。

これはちょっとした拷問《ごうもん》だと彼女に同情していると、音楽が鳴り止んだ。

彼氏が彼女の前でひざまずき、指輪を差しだす。

「タナカノゾミさん。俺と結婚してください」

百人近いギャラリーが、固唾《かたず》を呑んでタナカノゾミさんに注目した。

拍手の体勢で構えるダンサーたち。ハッピーエンドを待望するムード。

タナカノゾミさんは苦しげな表情で、絞りだすように「はい」とうなずいた。

万雷《ばんらい》の拍手。飛び交う「おめでとう」。次のプランも用意してあるのか、タナカノゾミさんは彼氏とダンサーたちに導かれ去っていった。

「いやあ、素敵なプロポーズだったね。やっぱりサプライズはいいなあ」

由利くんはうなずきながら、まだ手を叩いている。

「あのカップル、破局すると思うよ。せめて花束ならよかったのに」

私の言葉に、由利くんはえっと驚いた。

「婚約指輪って、結婚してからもつけたいんだよ。だから自分が欲しいデザインをじっくり考えて、決まったら相手と一緒に買いにいきたいわけ。なのにいきなり好みじゃない指輪を差しだされて、おまけに周囲はお祝い待ちのムード。彼女は場を収めるために受け取っただけで、次の日には指輪を返して別れるよ」

「そうなの？　僕には喜んでるように見えたけど」

「そういうの、男のエゴだから。サプライズしとけば女の子は喜ぶだろうって、それ自体が上から目線。同調圧力の中で一生の決断を迫る無神経さにも腹が立つし、フルネームまで公開された。私なら、この人とはやっていけないって判断するよ」

きっぱり断言してみせると、由利くんは肩を落とした。

「僕はサプライズ、好きだけどなあ」

「私は大嫌い。ドッキリとか、誰に需要あるのって思う」

「ドッキリは僕も苦手だよ。騙《だま》される人を笑いものにするとか、悪趣味だもん」

そう。最近だと「マジギレドッキリ」なんてのもある。偉い人が怒りだして、立場の弱い人間が蒼白になる。そこへ笑いの効果音が重なる。

もはや悪趣味を通り越し、それが笑えると判断した人間の存在にぞっとした。

「由利くんが共感してくれてよかったよ。まあ私がサプライズを嫌うのは、それ以前の問題だけどね」

「それって、びっくりするのが嫌いってこと？　お化け屋敷とか」

「お化け屋敷はむしろ好きかな。予定調和だし」

意味が伝わらなかったようで、由利くんは首を傾げた。

「私はね、このパウンドケーキみたいな人生を送りたいの」

お皿のそれをフォークで切り分け、ひとくちぶんを食べた。

ふわふわタイプと、しっとりタイプ。バターが濃いめか、砂糖が強めか。

作り手によって多少の個性は出るけれど、パウンドケーキの味は絶対に想像を裏切らない。今日みたいに初めての店でも、きちんと〝知っている〟おいしさだ。

「遙香ちゃんって、本当にパウンドケーキ好きだよね」

由利くんは私の人生観を問いもせず、なぜかにやにや笑っている。

「もっとちゃんと聞いて。前にいったケーキ屋さんで食べた、タルト・タタンってあるでしょう。あるときタタン姉妹はタルトを作ろうとして、生地を敷き忘れてリンゴだけで焼いちゃった。途中で気づいて、慌ててリンゴの上から生地を被《かぶ》せて焼いてひっくり返した。そしたら失敗どころか、おいしいスイーツができあがった」

「あのリンゴぎっしりの見た目は、偶然の産物だったんだ」

「そう。料理ってこの手の誕生秘話が多いけど、パウンドケーキは真逆なんだよ。なにしろ小麦粉、卵、バター、砂糖、それぞれを1ポンドずつ混ぜて作るからパウンドケーキって名前なくらいで、誕生前から偶然が排除されてる。人生にたとえるなら、トラブルもなく、冒険もせず、すべてが平々凡々の想定内ってこと」

「……そっか。遙香ちゃんの人生、波瀾万丈《はらんばんじょう》だもんね」

わかってくれたようで、由利くんはしゅんとなっている。

幼い頃に父が蒸発し、女手ひとつで私を育てた母も十七のときに病死した。

高校生にして両親を失った私は、いまは親戚の家で肩身の狭い思いをしながら大学に通っている。とはいえ信用金庫という盤石《ばんじゃく》の内定をもらったので、来年からはひとり暮らしをしつつ奨学金を返済する予定だ。

「私はこれ以上、人生にサプライズはいらない。マンネリ万歳。わかった？」

「わかったけど……さっきみたいに、みんなに祝福されるのもだめかな」

由利くんは食い下がる。

「知らない人に祝福されたって、うれしくもなんともないよ」

「でも絶対楽しいよ。思い出になるよ」

「楽しいのは、自分勝手に計画してるほうだけでしょ。本来ならうれしいことでも、私はサプライズでやられたら喜べなくなるの」

「そっか……ごめんね……」

由利くんは、ひどくがっかりしていた。きっと親から愛情を注がれて育った彼は、自分がされてうれしいことを人にもしたかったのだろう。

そう思っていたけれど、真相は彼の部屋に立ち寄った際に判明した。

なにげなく本棚に目を向けると、お菓子作りの本があった。由利くんがトイレに立った隙に見てみると、パウンドケーキのページに付箋《ふせん》が貼ってある。

「もうすぐ私の誕生日だから、ケーキを焼こうとしてくれてたんだ……」

だからパウンドケーキを食べる私を見てにやにやしたり、サプライズにこだわっていたりしたらしい。純粋でわかりやすいのは、由利くんのいいところだ。

私は素知らぬ顔を決めこんで、やがて誕生日がやってきた。

由利くんは私に欲しいプレゼントを聞いて、一緒に買いにいってくれた。

帰りにはケーキ屋さんに寄って、私に好きなものを選ばせてくれた。

部屋でもパウンドケーキは出てこなかった。まったくサプライズのない誕生日だ。

「由利くん、パウンドケーキを焼いてくれるんじゃなかったの」

しびれを切らした私は、とうとう本人に聞いてしまった。

「遙香ちゃん、気づいてたんだ。じゃあやっぱり、焼かなくてよかったよ」

「なんで。私、食べたかったのに」

「だってサプライズじゃないと、遙香ちゃんの本当に喜ぶ顔が見えないからね」

そんなことはないと言ったところで、それは私の理屈でしかない。

由利くんには由利くんの、サプライズに対する哲学があるのだろう。

それでもいつかは食べられるはずと、このときの私は悠長に思っていた。


由利くんは決して、私の人生に波風を立てるようなことはしない。

けれど私自身の星回りは、次々にうれしくないサプライズを運んでくる。

入社して一年で、勤め先の信用金庫が支店を統合再編した。

配属先がなくなった私は、まだ若いからとやんわり自己都合の退職を迫られた。不当解雇で訴えることもできたけれど、穏やかに生きるべく私は受け入れた。

次の仕事は選びに選んで、カフェでウェイトレスをすることにした。

もちろんテラス席のない、サプライズとは無縁のレトロな喫茶店だ。マスターの自家製パウンドケーキがおいしくて、それが決め手だった。

数年間は、起伏のない安穏とした日々をすごせた。けれど元登山家のマスターが海外に移住することになり、閉店が決定した。

またも私は路頭に迷ったけれど、カフェのお客さんだった芸能事務所の社長に声をかけられた。芸能事務所なんていかにも怪しい。しかし聞いてみれば芸能人は所属しておらず、主に結婚式やイベントに司会者を送りこむ人材派遣業だという。

「収入は不安定だけど、理路整然としゃべる遙香ちゃんには向いてるよ」

安定を求めても、どうせひっくり返される人生だ。それなら最初から地面がぐらついているくらいのほうが、「やっぱりね」とサプライズも予測できる。

私は社長の誘いに乗り、「フリーアナウンサー」という肩書きを得た。テレビに出ることなんてないけれど、「司会業」より、はったりが利く名称らしい。

私はアナウンス講座を受講して、ボイストレーニングに通った。結婚式の司会をするだけでなく、企業の研修動画のナレーションなども担当した。

毎日が新しいことだらけで、先がまったく見通せない。

けれど不思議と、大きなサプライズは起こらなかった。いつでも大波に揺られていた私の人生は、常に小波の上にいることでかえって安定したように思う。

それは私生活でも同様だった。

由利くんはキャンプ場のスタッフとして働いていたので、私以上に不規則な生活をしている。おかげで同棲してから互いの存在自体が癒やしというか、なにもない日々こそ至上と感じられるようになった。

まあ誕生日くらいはお祝いするけれど、サプライズは起こらない。ちょっぴり期待していたものの、由利くんはパウンドケーキを焼いてくれなかった。

でもそれこそが由利くんの優しさだと、最近しみじみ思う。

「そろそろ、奨学金の返済に目途がつきそうだよ」

ある晩、私は彼が作ってくれたアヒージョをつつきながら言った。ささやかにお祝いをしたいという提案だったけれど、由利くんの返答は予想外だった。

「おめでとう。じゃあ半年後の遙香ちゃんの誕生日に、プロポーズするね。近いうちに指輪を見にいこう」

借金があるうちは結婚できない。そう言ったことはなかったけれど、由利くんは「夫婦は対等であるべき」と考える私に配慮して、待っていてくれたらしい。

「ありがとう。じゃあ半年後に、『ふつつかものですが』って答えるね」

人に言ったら、もうプロポーズも返事も終わっていると思われるだろう。でも今日と同じ明日を送りたい私には、なにごとにもリハーサルが必要だ。

私はじっくり指輪を吟味して、半年後にプロポーズを受け入れた。

人の結婚式の司会をしながら、自分の式の打ちあわせをした。

ドレスは派手なものを選んだ。華美《かび》なウェディングは私の思想に反するけれど、パウンドケーキだってドライフルーツを入れたり抹茶を生地に混ぜこんだりで、ここぞというときにはおめかしをする。

式の当日はトラブルもなく、すべてがプログラム通りに進行した。

司会を担当してくれたのは同僚で、その仕事ぶりは信頼できる。

そう思っていたら、裏切られた。

「それでは新郎新婦によるケーキ入刀ですが、ここでひとつサプライズを」

ウェディングケーキの横に、小さな箱がひとつ置かれた。

「こちらは遙香さんがずっと食べたがっていた、世界でたったひとつのケーキです」

箱を開けると、中からパウンドケーキが一本出てくる。

「ごめんね、遙香ちゃん。披露宴に参加してくれたのはみんな知ってる人だから、遙香ちゃんもサプライズを喜んでくれるかと思って」

由利くんはにやりと笑ったけれど、私は喜べなかった。

私が泣いたのは、十年前の母の葬儀が最後だ。

今日だって、ずっと笑っているつもりだったのに。

「予定外に化粧が崩れちゃったでしょ。帰ったらお説教するから覚悟してね」

ひたすら私を思ってくれる夫と一緒に、怒りながらケーキにナイフを入れる。

ひとくち食べると、涙でしょっぱくなった口にほろ甘い。

私がずっと食べたかった、由利くんのパウンドケーキ。

それは〝知っている〟はずの味なのに、独り占めしたいくらいにおいしかった。


その後はもちろん、穏やかな新婚生活が始まった。

家庭は円満で申し分ない。けれど仕事は、やはり想定外のことが起こる。

所属事務所が経営方針を巡って、社長と社長以外の役員が対立した。社長はその座を追われ、目をかけられていた私には仕事が回ってこなくなった。

とはいえ、もともとオーディションの合否次第で収入がゼロにもなる仕事だ。

イベントの司会などは、個人で請け負っている同業も多い。

私は事務所を退所して、名実ともにフリーアナウンサーとして独立した。

「遙香ちゃんの人生は、相変わらず波瀾万丈だねえ」

由利くんは慣れたもので、半分笑いながら慰めてくれた。

「かわいそうだと思うなら、またパウンドケーキを焼いてよ。あれを食べることができたら、先の見えない人生にも立ち向かえるから」

そのくらいおいしかったと伝えても、由利くんは首を縦に振らない。

「あれはサプライズだったからそう感じるんだよ。人生は期待すれば裏切られる。期待しなければなんでも楽しい。遙香ちゃんならわかるでしょ」

今回の独立の件なんて、まさにその通りだ。私は仕事に過度な期待をしていなかったから、フリーの荒海に放りだされてもダメージがほぼない。

私は平穏な家庭生活と不安定な仕事という、小波の人生を謳歌《おうか》した。

諸々が落ち着いてから――なんて言葉の無意味さは、これまでで痛感している。だから子どもも、三十歳で妊娠すると決めていた。その願いはかない、我が家に新しい家族が誕生した。パパ似の優しい顔をした男の子だ。

パウンドケーキは焼いてくれないけれど、由利くんは料理をする。育児は私よりも熱心だし、掃除に洗濯、ＤＩＹと、なんだってやってくれる。

「だから結婚するなら、キャンプ好きな男性はお勧めですよ。山男までいくと、海外まで登りにいっちゃうから大変ですけど」

そんな話をオーディションですると、プロデューサーが気に入ってくれた。キャリアがないのでダメもとだったけれど、人生は本当になにが起こるかわからない。

「よかったでちゅね。それでママは、なんのオーディションに受かったんでちゅか」

私が興奮気味に報告すると、由利くんは私と二歳の息子を同時にあやした。

「アシスタント。『中島《なかじま》ヒデキの午後のラジオ』って番組の」

還暦を過ぎたパーソナリティを補佐しつつ、番組を進行させる役回りだ。

私の人生では、結婚式以上に人から注目される出来事と言える。

「すごい。安定を望む遙香ちゃんが、とうとう芸能人になっちゃった」

「これからは大変になるから、景気づけにパウンドケーキを焼いてよ」

「そんなに期待されたら、緊張して失敗しちゃうよ。だからまたサプライズでね」


由利くんの言葉を、私は番組に参加した初日に思い返すことになる。

自分で自分に期待しすぎた結果、緊張して自己紹介すらまともにできなかった。

パーソナリティの中島さんは「新人のうちに失敗するほうが、怒られないぶん得ってもんですよ」なんて笑っていたけれど、私は三十二歳でフリーのたたき上げだ。最初からうまくできて当然だし、替えはいくらでもきく。

だから自分で自分に怒り、オンエアの録音を聴きながらダメだしをした。

滑舌を学び直し、あるようでない台本を頭にたたきこみ、いままで以上にニュースをチェックして、対応力とフリートークを磨いた。私は必死だった。

「息子も大きくなったし、息抜きにみんなでキャンプに行こうよ」

由利くんから誘われても、私は忙しいからと断った。家庭の平穏はいつだってそこにある。いまは大波がくる前に、必死に泳いで逃げるときだ。

そんな判断をした私は、息子から見れば薄情な母親だったと思う。「ママもキャンプに行こうよ」という誘いを断り続けた結果、やがてはかけられる言葉も「お母さんはどうせ行かないよね」になった。

私はそんな話すらラジオのネタにしようとして、打ちあわせの段階でパーソナリティの中島さんに止められた。

「自虐を笑えるタイプの人は、昼にラジオなんて聴きませんよ」

昼のラジオを聴く人は、テレビ的な風刺もスキャンダルも欲しがらない。ただ耳にのんびり聞き流せる、それこそパウンドケーキのようなおしゃべりを求めている。

一応は芸能人の端くれと、変に気負っていたのは私だけだった。

それに気づいてからは肩の荷が下り、番組も楽しめるようになった。

「ラジオのかけあいってのは、ジャズみたいなもんでね。ステージでは即興の演奏に見えるけど、そこに至るまではけっこうな時間がかかってるもんです」

中島さんがほめてくれるようになった、アシスタント生活八年目。

不惑を迎えた私の人生に、またも波が立つ。

七十歳を迎えた中島さんが、引退することになったのだ。しかし座組は変わらず、番組はパーソナリティを変更して継続するらしい。現状では私も続投だという。

そんなタイミングで息子からキャンプに誘われ、私は初めて「行く」と返事した。

キャンプ場では、なにもすることがなかった。

由利くんと息子が全部やってくれたのもあるけれど、キャンプは基本なにもしないものらしい。鳥の声に耳を澄ませたり、たき火をじっと見つめたりするものだそうだ。

「まるで私が望んだ、波乱のない人生そのもの」

アウトドア用の椅子に座って、コーヒーを片手に夫婦水入らずで話す。

少し離れた風下では、息子が別のたき火でなにかを作っていた。

「彼はいま、ザリガニやタニシをおいしく食べる料理を模索中なんだよ」

由利くんがにやにや笑って言ったので、近づくのはやめておこうと思う。

「今日、すごく楽しいよ。これからは、私ももっとキャンプに参加――」

言いかけたところで、ポケットのスマホが震えた。

苦笑いしつつ通知を見ると、メールが一通届いている。驚愕の内容だった。

「どうしたの、遙香ちゃん。いきなり頭を抱えて」

「番組のパーソナリティ、私に決まったって。アシスタントからメインに……」

「おめでとう。じゃあちょうどよかった。おーい」

もはや驚いてもくれない由利くんが、息子に向かって手招きする。

するとミトンをはめた手でなにかを持ってきた息子が、私を見てにやりと笑った。

「サプラーイズ！」

夫と息子が声をそろえたところで、バターの香りが漂ってくる。

「キャンプにくるたび、ふたりで一緒に練習してたんだよ。いつかお母さんを驚かせようって。だから味は折り紙つき。僕が太鼓判を押すよ」

私のキャンプ初参加を祝して、息子が焼いてくれたパウンドケーキ。夫があきれるほどに時間をかけて仕こんだサプライズには、さすがの私も笑みがこぼれた。

「いつもかまえなくてごめんね。お母さん、今日が人生で一番うれしいよ」

そう伝えると、息子が照れくさそうに笑う。

「お父さんとよく、キャンプでラジオのアーカイブを聴いてたんだ。お母さん、もうすぐぼくに背を抜かされそうとか、いつも仏頂面《ぶっちょうづら》だけど朝起こす前は天使みたいな顔で寝てるとか、恥ずかしかったけど、ちゃんとぼくのこと見てるって知ってたよ。お母さんが中島さんにほめられたときは、うれしくてお父さんとハイタッチしちゃった」

息子が焼いてくれたパウンドケーキは、結婚式の日よりもずっとほろ甘かった。

# おとなさまゼリー

ひらび久美

「無理だよ。当日急に休めるような会社じゃないのは、美遥《みはる》もわかってるだろ。お義母《かあ》さんにでも来てもらって、なんとかがんばってくれよ。なるべく早く帰るようにはするけど、多分六時は過ぎると思う」

そう言って、夫の智弘《ともひろ》はスーツの背中を向けた。その姿が滲《にじ》んで見えたのは、熱のせいか、涙のせいか。三十九度の熱に苦しむ妻とやんちゃ盛りの五歳児を残して、無情にも玄関ドアがバタンと閉まった。

「はぁ、しんどい。もう無理」

美遥は朝食の片づけを諦めて、よろよろとリビングのソファに倒れ込んだ。

美遥自身、妊娠中期まで夫と同じ会社で働いていたので、彼の言い分もわかる。責任ある地位に就《つ》いた夫が、仕事を優先しようとすることも、理解はする。

(でも、妻が明け方から高熱で苦しんでるんだから、少しくらい優しい言葉をかけてくれたっていいのに……)

美遥はため息をついた。藁《わら》にもすがる思いでスマホを取り上げ、電車で二時間のところに暮らす実家の母に電話をかけた。けれど、八回目のコール音が鳴っても応答がない。諦めて切ろうかと思ったとき、ようやく電話がつながった。

『なに、美遥、朝からいったいどうしたのよ?』

普段はあれこれ口うるさい母だが、今回ばかりはその大きな声が頼もしく聞こえる。

「お母さん、あのね、実は明け方に熱が出て……薬を飲んだんだけど、まだ三十九度あるの。蒼大《そうだい》は昨日から子ども園が夏休みなのに、智弘さんは会社を休めなくて……少しでいいから、来て――」

くれない？　という美遥の声を遮《さえぎ》るように、母の返事が聞こえてくる。

『あー、ダメだわ。助けてあげたいのは山々だけど、今日はパートさんが少なくて休めないの。そうちゃんにはテレビを見せるなりなんなりして凌《しの》ぎなさい。私はもう仕事に行かなきゃいけないから、自分でどうにかがんばりなさいな』

直後、通話がプツッと切れた。すがろうとした藁までプチンと切れて、心も体も力を失ったところに、ご機嫌な歌声が聞こえてくる。

「おひさまポカポカ〜、いーいてんき〜」

すぐそばのローテーブルの前では、五歳になったばかりの息子が、朝の子ども番組を見ながら、テレビの中の子どもたちと一緒に歌っている。手を振って、ジャンプしながら回転して、朝から元気いっぱいだ。

この元気の塊《かたまり》の相手をするのはただでさえ大変なのに、体調が悪いこんなときに限って、誰の助けも借りられないなんて。

（せめて今だけでも休ませて……）

美遥はソファの上で体を丸めた。しかし、ほどなくして子ども番組が終わり、大人向けの情報番組が始まった。蒼大はあっという間にテレビから興味を失い、くるりと美遥を振り返る。

「ママ、あそぼ、あーそぼ」

蒼大はソファの座面に両手をついてぴょんぴょん跳ねた。振動で座面が揺れ、美遥は泣きたくなった。蒼大は今日も元気いっぱいだ。子ども園がない日は、公園でしっかり遊ばせて有り余る体力を発散させないと、機嫌が悪くなるし、夜もなかなか寝てくれない。けれど、今は外遊びどころか、おうち遊びでさえ、付き合う気力も体力もない。

「ごめん、そうちゃん。ママ、今日、お熱があって、しんどくて遊べないんだよ」

美遥が言うと、蒼大は少し首を傾げて美遥を見た。

「ママ、おねつがあるの？」

「そうなの。ごめんね。あ、そうだ、ＤＶＤ観ようか」

本当はテレビやＤＶＤに子守りをさせるのは嫌なのだが、背に腹は代えられない。

美遥は手を伸ばしてローテーブルの上のリモコンを取り、蒼大が大好きなアニメ映画のＤＶＤをつけた。姉妹と不思議な生き物の物語が始まり、蒼大の目がテレビ画面に釘付けになる。

「たらら、らっらら、らっら〜ら」

蒼大がテーマソングを口ずさみ始め、美遥はリビングの隣の和室に入って布団に倒れ込んだ。

(DVDが終わるまでの一時間半……寝かせてもらおう)

蒼大に朝ご飯を食べさせた。自分は薬を飲んだし、額に冷却シートも貼った。熱さえ下がればなんとかなる……。

美遥はギュッと目を閉じた。


「ガタンゴトン、ガタンゴトーン」

蒼大の楽しそうな声が聞こえて、うとうとしていた美遥は目を開けた。リビングに視線を動かしたら、映画はまだ終わっていないのに、蒼大は電車のおもちゃで遊んでいた。いつの間に敷いたのか、プラスチック製の青いレールが、リビングのフローリングの床から和室まで延びている。

蒼大は四つん這いになって、レールの上の電車を手で美遥の枕元まで動かしてきた。

「おふとんえき〜、おふとんえきにとうちゃくで〜す。ママ、おのりくださ〜い」

これまたいつの間に置いたのか、美遥の枕元に小さなブロックの人形が二体置いてあった。いつもそれで一緒に遊ぶので、今日も電車の乗客役をやれということだろう。

「はい、乗ります……」

美遥はもうろうとした頭で人形をつまみ、三両編成の電車に向かって歩かせた。

「あ、あぶないですよ！　そっちはせんろです」

蒼大が急に大きな声を出したので、美遥は顔をしかめた。

「どこまでがホームなの？」

「ここから、ここまでです」

蒼大の高い声が頭に響いて、つい口調が荒くなる。

「ああ、そう、はい、乗りましたよっ」

「はっしゃしま～す」

蒼大は二両目と三両目の屋根に人形を乗せて、電車を動かし始めた。

「つぎのえきは、つうかしま～す」

蒼大が勢いよく電車を動かし、人形は二体ともカーブでぽとりと落ちた。蒼大は気にする様子もなく電車を走らせていく。

（だったら、最初から乗せなくてもいいじゃない！）

美遥は湧き上がってきたイライラに押されるように口を動かす。

「そうちゃん、ママね、ほんとにしんどいの！　お願いだから、ＤＶＤが終わるまで寝かせてよ」

「ママ、おねつあるの？」

リビングに向かって電車を走らせていた蒼大は、手を止めて振り返った。

「そう言ったでしょ」

「ママ、ゼリーは？」

蒼大は大きな黒い目で美遥をじっと見つめる。

「え？」

「つめたいゼリー」

午前中、たまに蒼大におやつをねだられることがある。きっと大好きなゼリーを食べたいのだろう。

美遥はいら立ちを吐き出すように乱暴にため息をついた。

「冷蔵庫に入ってたのはもうないの！　昨日食べちゃったでしょ。明日買ってくるから、今日は我慢してよ」

美遥は頭から布団を被った。

「つぎはそふぁえき〜」

ママのイライラなど意に介さず、蒼大はマイペースで遊び続けている。DVDを観る気配はないので、きっとまたすぐに電車遊びに付き合わされることになるだろう。

「ほんと勘弁して」

思わずつぶやいたとき、唐突に朝、夫と母に言われた言葉が耳に蘇った。

『なんとかがんばってくれよ』

『どうにかがんばりなさいな』

美遥は両耳をギュッと塞《ふさ》ぐ。

(いつもがんばってるのに。がんばってるつもりなのに。これ以上どうがんばれっていうの。もう本当に疲れたよ)

終わりの見えない育児に疲労感だけが募り、終業時間のある会社勤めが懐かしくなる。

美遥は妊娠中期までアパレル輸入商社で広報の仕事をしていた。おしゃれな服を着て、それを世の中に向けてPRする仕事は、やりがいがあったし楽しかった。二歳年上の智弘とは職場恋愛で、この人となら結婚するのもありかな、と思った頃、蒼大を授かった。

おしゃれなマタニティウェアを着こなして、マタニティヨガにも行こう。かわいいベビー服や小物のショッピングをして……マタニティライフを楽しもう。産休・育休をもらって職場復帰したら、家計や子どもの将来の学費を心配しなくてすむよね。

そんな妊娠初期のワクワクは、二十二週のときに「前置胎盤《ぜんちたいばん》」と診断されて消え失せた。夫や母に心配され、自分でも子どもになにかあったら後悔すると思って退職した。できるかぎり安静に過ごしたけれど、出血が続いたため入院した。ほぼベッドから動けず、不安な日々を過ごし、三十六週に帝王切開《ていおうせっかい》で出産した。人工早産で生まれた蒼大は二二一〇グラムという低体重。当然一緒に退院できず、生まれてきてくれた喜びよりも、無事に大きくなるのか不安の方が大きく、ずっとずっと怖かった。母乳をあげるために毎日病院に通い、退院してからも心配は絶えなかったし、たくさん出血した産後の体は疲れやすく、二十四時間三百六十五日休みなしの育児で、体も心もきつかった。

（去年、やっと子ども園に入ってくれて、少し落ち着いてきたけど……）

また働きたい、という美遥の思いに、智弘は「まだ蒼大も小さいだろ。蒼大が病気になっても、俺はすぐに仕事を休めないし、美遥はまだ慌てて働かなくてもいいんじゃないか」と言う。母も「無理して働かなくても、そうちゃんが小学生になってから考えたら？　私もパートがあるから、なにかあっても小さいそうちゃんをあまり見てあげられないし」と反対した。

みんな仕事。子ども園のママ友の中にも、販売のパートをしている人、美容師として時短勤務をしている人、事務社員として働いている人がいる。

自分だけ取り残されているみたい……。


突然、バタンと大きな音が聞こえて、美遥はハッとして目を開けた。いつの間にか寝ていたようだ。いったいどれくらい蒼大から目を離していたのか。

「そうちゃん⁉」

焦りと不安で、這うようにしてリビングに出た。

「なぁに、ママ」

蒼大は冷蔵庫の前にいて、くるりと振り返った。さっきの大きな音は、冷蔵庫のドアを閉めた音だったようだ。

蒼大は自分で運んできたらしい子ども用ステップから、ぴょんと飛び降りた。

(なんだ……。ゼリーを探して冷蔵庫を覗いてたのか……)

心配が安堵に変わった途端、いら立ちが蘇る。

(ほんと静かにしてよ)

美遥はため息をついて布団に潜り込もうとしたが、布団の周りにイルカやカメのヌイグルミや自動車のおもちゃが並んでいるのに気づいた。

「なにこれ」

美遥の声に反応して、キッチンから蒼大の声が聞こえてくる。

「そうちゃんはこどもえんにいくとき、ママがいなくてさみしいっておもうんだ。えんにいくとおともだちとあそんでたのしいんだけど。でも、ママはいま、あそべないでしょ。だから、おともだちをつれてきたの」

蒼大の声は普段と変わらず明るく澄んでいる。

思えばいつもそうだ。美遥がどんなに不機嫌でも、イライラしていても、蒼大は無条件で愛情を向けてくる。絶対的にママを信じて疑わない。

「……そうなんだ。ありがとう」

トゲトゲしていた美遥の心が、ふっと丸くなった。

(ごめんね、そうちゃん。元気になったら、ゼリーを買いに行ってあげるからね)

美遥は心の中で謝って、また布団に横になる。

(そうだ、熱が下がったら、そうちゃんが喜んでた〝お子さまゼリー〟を作ってあげよう)

美遥は先週の日曜日に蒼大と一緒に見たテレビの特集番組を思い出す。

〝夏休みは親子で楽しくスイーツ作り！〟という番組で、イケメン料理家と子役タレントの男の子がお子さまゼリーを作っていた。

「今回はゼラチンではなくアガーで固めます」

料理家の説明を聞いて、美遥はアガーというものを初めて知った。見た目はゼラチンに似ているが、原料は海藻で、できあがったゼリーは透明度が高く、ゼラチンと寒天の中間のようなプルンとした弾力のある食感になるらしい。しかも、ゼラチンと違って常温で固まるため、一時間ほどでできるという。

「電子レンジを使いますので、火を使わずお子さまでも安心して作れますよ」

料理家の手ほどきを受けながら、子役タレントが粉末状のアガーとグラニュー糖を泡立て器で混ぜ合わせ始めた。それを見て、蒼大は目を輝かせて言った。

「そうちゃんも、おこさまゼリー、つくりたい！」

それでその日、蒼大と一緒にスーパーに行って、製菓材料売り場でアガーを探して買った。帰宅して、番組で見た手順通り、混ぜ合わせたアガーとグラニュー糖にオレンジジュースを加えてよく混ぜ、電子レンジで加熱した。アガーがダマにならないよう、しっかり混ぜて溶かしたら、あとはカップに入れて冷ますだけだ。粗熱が取れた段階でとろみが出て、本当に常温で固まったのには驚いた。最後は冷蔵庫で冷やし、ホイップクリームを絞って、缶詰のみかんで飾りつけをした。

「うわー、ごうかなゼリーだねぇ！」

できあがったゼリーを見て、蒼大はさらに目をキラキラさせた。今までレタスをちぎったり、玉ネギの皮を剝いたりと、簡単なお手伝いをしたことはあったが、スイーツを、それも大好きなゼリーを作ったのは初めてだったのだ。作っているときもだが、食べているときの蒼大のまぶしい笑顔は、たまらなく愛らしかった。

（アガーはまだ残ってるし、オレンジジュースもあるから……デコレーションなしなら作ってあげられるな。でも、まだ体がだるいし、もう少し熱が下がってから起きよう。あと十分、せめて五分……）

切実な気持ちで掛け時計を見たら、時間はまだ十時半だった。どうにか蒼大に一人遊びをしてもらって、もう少し休みたい。

そう思ったとき、蒼大がままごと用の小さなお盆を持って、リビングをそろりそろりと歩いてくるのが視界に入った。

「そうちゃんね、ママに〝おとなさまゼリー〟をつくったの」

「おとなさまゼリー？」

「そうだよ。にちようびにママといっしょに、おこさまゼリーをつくったでしょ。だから、そうちゃんがママのためにおとなさまゼリーをつくったの」

（次はおままごとかお店屋さんごっこか……）

どうやら蒼大にはママを寝かせてくれる気はないらしい。おままごともお店屋さんごっこも始まったらエンドレス。どうして飽きないのか不思議になるくらい、同じことを繰り返して延々と遊ばされるのだから、付き合う大人はかなりつらい。それでも、動かなくてすむのなら、電車ごっこよりはマシかもしれない。

美遥は布団の上に脚を崩して座った。

「おまたせしましたー」

蒼大は美遥の前でゆっくりと膝を突いた。

「えっ」

美遥は驚いて声を上げた。お盆にはガラスコップが載っていて、オレンジ色の液体で満たされている。オレンジジュースかと思ったが、表面に艶があり、蒼大がお盆を畳の上に置いた拍子にプルルンと揺れた。

「まさか」

美遥は目を見開いた。蒼大はお盆の横にちょこんと座る。

「そうちゃんね、ママとおこさまゼリーつくったこと、ちゃーんとおぼえてるんだよ。ボウルにゼリーのもとをスプーンいっぱいぶん、おさとうをさんばいぶんいれて、ジュースといっしょにレンジでチンしたよ。でも、レンジはチンじゃなくてピーっていうんだけど。それで、よ〜くまぜて、れいぞうこでひやしたよ。そうしたら、ママといっしょにつくったみたいに、じょうずにできたよ」

蒼大は頬を紅潮させて誇らしげに胸を張った。

「ほんとに、そうちゃんが一人で……？」

美遥はまだ信じられず、瞬きをして我が子を見る。

「そうだよ。まっててね。ちゃんとかざりつけもするからね」

蒼大は立ち上がって和室を出ていった。

「あ、そうちゃん、ミカンの缶詰はないんだよ」

美遥が声をかけると、キッチンの方から「だいじょうぶー」という声が返ってきた。

「みかんのかんづめをさがしたけど、みつからなかったの。でも、かわりにすてきなものをみつけたんだよ」

なにを見つけたのだろうと待っていたら、蒼大は小さなザルで洗ったプチトマトとマスカットを持って戻ってきた。

「おとなさまゼリーにはブドウとトマトでかざりをつけるの」

蒼大は丸っこい小さな手でプチトマトを、続いてマスカットをつまんだ。濃い赤色と薄緑色の丸いものが、ころんころんと二つずつ、ゼリーの上に載せられる。

美遥は思わず噴き出した。

「プチトマトはゼリーにはあんまり合わないんじゃない？」

蒼大は首を傾げて美遥を見た。

「そう？　あまいよ。それにきれい」

「あー……そうかもね」

確かにプチトマトは蒼大のために少しお高いものを買っていて、甘くておいしい。それに、プチトマトとマスカットの色も鮮やかに映えている。

「ママ、どうぞ。おねつのときは、つめたいのがいいでしょ。きっとげんきになるよ」

美遥を見上げて蒼大はにっこり笑った。その笑顔を見た瞬間、美遥の目に熱いものが込み上げ、一瞬にして視界が滲む。

「ママ、どうしたの？　あつぃの？」

蒼大は心配顔になって手を伸ばし、美遥の額に手のひらをぴたんと当てた。

「あつぃの、あつぃの、とんでけー」

そう言って美遥の額を撫でて、遠くに投げる仕草をする。

蒼大が転んだりどこかをぶつけたりしたときに「痛いの痛いの飛んでいけー」と美遥がやるのを真似しているのだ。

なんて優しい子に育ってくれているんだろう。

いつもは公園に行く時間なのに、外に行きたいとも言わず、ママのためにゼリーを作ってくれたなんて。

こんなにも豊かで愛おしい時間は、きっと今しかない。

この子のためならがんばれる。まだ大丈夫。ううん、もう大丈夫。

「そうちゃん、ありがと。ママ、もう大丈夫だよ」

美遥は蒼大をギュウッと抱きしめた。

「おくすり、きいたの？」

「そうちゃんがお熱を飛んでけーってしてくれたからだよ。それに、おとなさまゼリーを食べたら、きっともっと元気になれるよ」

「じゃあ、ママ、はやくたべて」

蒼大はスプーンを取って、急かすように美遥に差し出した。

「ありがとう。いただきます」

美遥はスプーンを受け取って、おとなさまゼリーに差し入れた。弾力のあるゼリーを口に入れたら、舌の上でプルンと揺れる。きっと分量はあまりうまく量《はか》れなかったに違いない。日曜日に一緒に作ったときよりも、ちょっと軟らかい。けれど、冷たくて甘酸っぱくて、なによりとびきり優しい味がする。

「おいしい！」

心からの感想を伝えたら、蒼大の顔がパーッと明るくなった。

「ほんとう？」

「うん。おかげでママ、すっかり元気になったよ」

美遥は両手で力こぶを作る仕草をした。蒼大は嬉しそうにパチンと両手を合わせる。

「やったぁ！」

「そうだ、そうちゃん、お昼ご飯はなに食べたい？」

「そうちゃんね、たこやきがたべたい。くるんってしてみたいの」

蒼大が瞳を輝かせた。そんな好奇心旺盛な我が子の頭を、美遥は優しく撫でる。

「いいね。タコがないから、ウインナー焼きにしよっか」

「うん！　ウインナーやき、ウインナーやき！」

蒼大はその場でぴょんぴょんと跳ねた。その姿を見て、自然と温かな笑みが湧き上がってくる。

こんな姿を見られるのは私の特権だ。今しかないこの愛おしい時間を、大切にしよう。

# いつかヒロインに

朝比奈歩

マカロンは乙女心そのものだ。

カラフルで丸くて可愛らしい。口に入れると、ほろりと甘く溶けて消えていく。夢見がちな恋のような味。

それにとっても壊れやすい。少しの衝撃でヒビが入って割れてしまう。だから、大切に持ち帰り、そっと優しく摘まみ上げて味わうのだ。

「あっ、早川《はやかわ》さん。いたんですね」

うっとりしていたところに、オフィスのドアが開く音と間の抜けた男の声。指の間で、ぐしゃりとマカロンの表面が潰れた。

ふわっ、と強くなった香りはフランボワーズ。ローズピンクのメレンゲ生地にマゼンタのカラーシュガーが散っている。それがポロポロと机に落ちた。

「デザートですか？　マカロン、美味しそうですね」

にこにこと寄ってきたのは、同期で営業部にいる真野《まの》。総務部の私とはあまり接点はなかったが、一年ほど前からなにかと声をかけてくるようになった。それがいつも間が悪くて、私は彼があんまり好きじゃない。

今朝、彼は取引先とランチだと言っていた。その会食は早く終わったらしい。

まだお昼休み中で、同僚はみんな外にランチへ行っている。私はデザートにと、デパ地下でお気に入りブランドのマカロンを購入し、一足先に戻ってきた。さあこれから味わおうという段で、とんだ邪魔が入った。

本当に間の悪い男……。

睨みつけたくなるのを我慢して、にこりと微笑みマカロンを箱に戻す。

「お帰りなさい。早かったんですね」

落ちそうになる溜め息をのみ込み、マカロンの箱を片づけようとすると、真野の後ろから総務部の部長が顔をのぞかせた。

「へえ、早川さんもそんな可愛らしいものを食べるんだね。マカロンだっけ？」

ひくりっ、と弧を描いた唇が引きつる。

『早川ってそういう趣味なんだ。なんかウケる』

昔、憧れていた部活の先輩からかけられた軽口が耳元で蘇る。あのとき私は、お小遣いで買った可愛らしいレースのハンカチを握って、苦笑するしかなかった。

今更なのに、潰れたマカロンみたいに心の深い部分にぱきんっとヒビが入る。

苦いものをぐっと堪え無言で微笑んでいると、真野が部長をたしなめた。

「部長……それ、セクハラです」

「え、そうなの？　どのへんが？」

定年間近の部長には、なにがいけない発言だったのか心底わからないらしい。

「えっとですね……可愛らしいものが早川さんに似合わないみたいな発言だったところです。そういうふうに括って、似合う似合わないって分けるのはよくありません」

私はさらに笑みを深め、目から感情を消す。

そういう解説は陰でやってほしい。セクハラだなんて注意しなくていいから、さらっと流してほしかった。わかりやすく説明する真野は親切なのだろうが、私の傷をさらにえぐってくる。晒し者の気分だ。さすが、間の悪い真野。

部長はふんふんと頷く。わかったようなわかっていないような表情だ。

「そうか、ごめんね早川さん。悪気はなかったんだ。ほら、君って真面目でキリッとしてるじゃない。マカロンのイメージがなくって」

「悪気がなくても駄目ですよ、部長。それに、誉めてるようで誉めてません」

だから、そういうのは本人のいない場でしてほしい。真野は私に追い打ちをかけたいのだろうか？　ここまでくると、部長より真野が憎い。

「難しいなぁ。なんでもかんでもセクハラじゃ、うかうか女の子と話もできないよ」

反省する気もなく、面倒そうに部長がこぼす。

「そろそろ休憩終わるので、片づけてきますね」

結局、口をつけなかったマグカップを手に立ち上がる。笑顔のままこぼれた声は思ったより冷ややかだったようで、真野の肩がびくっと跳ねた。部長はなにもわかってない顔で「いろいろ悪かったね」と呑気に返して自分の席についた。

「あの……早川さん……」

「気にしてないので。じゃあ、失礼します」

にこりと微笑んで、彼の横をすり抜ける。声色が少しイヤミだったかもしれない。

だけど、彼が悪いのだ。毎回毎回、私とマカロンの間を邪魔するのだから。

途中、落ちていた紙屑をゴミ箱に入れて、早足で流しに向かった。ついでに汚れていた流しを綺麗に掃除して、すっきりした気持ちになって仕事に戻った。

去年のことだ。今日みたいに、昼休憩にデパ地下でマカロンを購入して戻った。

私は、前々から狙っていた期間限定マカロンを手に入れられて浮かれていた。お気に入りブランドで、数量限定のそれは並ばないと手に入らない。会社があるので朝からは買いに行けず、ランチを食べずに昼休憩を使って並んだ。

「早川さん、いいもの持ってるね。ちょうどいい、それ譲ってくれないかな？」

自分の部署へ戻る途中、営業部の前で真野の上司に声をかけられた。

彼はマカロンの入った紙袋をちょいちょいとつつき、取引先への手土産にほしいと言う。なんでも真野が失敗をして、これから謝罪に行かないといけないのだが、菓子折りを買いに行く時間がないのだそうだ。

「タイミングよく君が通ってくれてよかった。それ、経費で落とすからさ。お願い！」

ちらりと営業部の中に視線をやれば、真野が慌ただしく出かける用意をしながら、スマホを肩に挟んで必死に謝っている。

その相手は私も知っている、以前、来社したことのある女性社長だという。彼女ならこれで喜ぶだろう。機嫌も直るかもしれない。

紙袋を見下ろして沈黙する。

これは並んでやっと手に入れたマカロンで、今日が販売最終日だった。また欲しければ、来年を待たないといけない。それに来年も同じマカロンとは限らない。

だけど……迷ったのは一瞬だった。

今年もまた、あの期間限定マカロンが販売される期間がやってきた。

私は昼休みにデパートの列に並んだ。今日の販売分が買えるかどうか、ぎりぎりの順番。列のできたデパートの外は日陰だが、うだるような暑さだった。

後ろにはスーツケースを持った観光客らしい中年女性が並んでいて、スマホで娘と話している。地方では買えない限定マカロンの購入を頼まれていた。

「お前が、こういうカワイイ食べ物が好きだとは思わなかった」

前に並んだカップルの会話が耳に飛び込んできた。つい耳をそばだてる。

「失礼な！　私がガサツ女だからってバカにして！」

言い返す彼女の声には甘さがあり軽快で、彼の言葉を欠片も不快に思っていない。

「私だってカワイイもの大好きだし、ここのマカロンはすっごく美味しいんだよ」

「なんだ。食い意地かよ」

「それもある！」

えへへ、と笑って食い意地も認める彼女はとても可愛い。君にはマカロンが似合っている。彼氏もそう思っているのだろう。はにかむ横顔が甘い。

ご馳走様です。余計に蒸し暑くなってきた。

私もこういう屈託のない返しができたら、場が和んだのかもしれない。真野に変な気を遣わせたり、心をえぐられる解説をされたりしないですんだのだろうか。

間の悪い真野ばっかりが悪いわけじゃない。

まあ、恋人と同僚では違うから、同じ返しができるわけもないけれど。それでも、もう少しなんとかならなかったかなと、あの日の自分を振り返って溜め息をつく。

私にとってマカロンは乙女の象徴だ。

その存在を初めて知ったのは映画で、パステルカラーの画面の中、お姫様がお茶会で食べていたのがマカロンだった。

フリルとリボンとレースに、ふんわりふくらんだドレス。きらめく宝石や猫脚の家具。甘いお菓子が盛られたお皿の数々と優雅な曲線を描くティーセット。可愛いがあふれたその中に私も入りたいと思ったし、いつかその中に入れると思っていた。

人の容姿をからかってくる男子を見返せると、私を下に見てくる女子より上に行けると、根拠もなく信じていた。あのお姫様みたいに、「可愛い」ものが似合う女性に必ず成長するのだと疑っていなかった子供時代。

私だっていつかヒロインになれるんだって。

でも、そんな日はいつまで待ってもこなかった。お姫様にもなれないし、王子様だって迎えにこない。

物語のヒロインみたいに人に親切にしようと、陰で善行を働こうと、誰も気づいてくれない。誰も私を見ていない。物語みたいな恋だって芽生えない。それが現実だ。

私は容姿も能力も平凡で、性格だって普通。ちょっと皮肉屋で神経質なところもあるから、男受けは悪いだろう。

当然、可愛いものなんて似合わない。ちょっとした雑貨でも、可愛らしいものを持つのには躊躇する。部長が言う通り、そういうキャラじゃないのだ。

お気に入りのレースのハンカチを、憧れの人に「ウケる」と言われるような女性にしか成長できなかった。

人の目なんて気にせず好きにすればいいと言う人もいるけれど、また傷つくのは嫌だし、私の美意識も許さない。可愛いものが似合わない自分を鏡で見て、気分が盛り下がってしまうぐらいなら、持たないほうが心の平穏が保たれる。

そんな私がぎりぎり許容できたのがマカロンだった。食べてしまえば消えるのだから、その間だけでも乙女気分を味わったっていいじゃない。

だから私はマカロンが好き。ふわふわした高揚感と、食べている間だけ味わえるお姫様気分は秘密の楽しみ。週に一、二回、昼休みや会社帰りにデパ地下に寄って、気に入ったマカロンを購入するのが、ささやかな幸せだ。

「えっと……申し訳ございません。ここで、限定マカロンは終わりになります」

列が進みデパートの中に入ると、並ぶ客の人数を数えていた店員が、私の後ろで申し訳なさそうに頭を下げた。私が最後のひと箱らしい。

ほっとしたのも束の間。後ろの中年女性が残念そうに嘆息するのが聞こえた。さっき電話で、このあと新幹線で帰ると話していたのを思い出す。

「あの、よろしければ私のを譲りましょうか？」

思わずこぼれた言葉に、列を外れようとしていた女性が驚いたように振り返る。

「私、会社が近くで明日もここにこれますし……だから、どうぞ」

期間限定の最終日まで、まだ数日ある。その間に買えるだろうと算段して、「いいの？」と戸惑う女性に順番を譲った。このまま見ない振りでマカロンを買っても、後味が悪い。

そんな気持ちでマカロンを食べたって、楽しくない。

何度も「ありがとう」と言う女性に、「気にしないでください」と踵《きびす》を返したところで、どんっと人にぶつかった。

「すっ、すみません！」

「こちらこそ、すみません……えっ、真野さん？」

なんで彼がここに？　今のやり取りを見られてた？

急に気恥ずかしさが込み上げてくる。やっぱり彼は、間が悪い。

「あの早川さん、ここのマカロン……」

「差し入れやお持たせに喜ばれるんですよ。今日は友達に頼まれて並んでたんです」

言い訳がましいかなと思ったけれど、口は止まらなかった。なにか言われる前に、誤解だということにして、彼の言葉をさえぎる。

似合わないマカロンを、並んでまで買おうとしていたなんて知られたくない。レースのハンカチのときみたいに軽口を叩かれたら、今度こそ粉々になってしまう。

「真野さんは営業先に手土産でも買いにきたんですか？　今なら、あっちで売ってる季節のゼリーがお薦めですよ。私はもう昼休み終わるので。じゃあ、またあとで」

早口にまくし立て、走るように彼の横をすり抜けた。呼び止められた気がしたけれど、売り場の喧噪のせいにして無視した。

割れそうな心のマカロンを壊さないように、嫌な記憶と恥ずかしさを慎重に胸の奥にしまい込んで会社に戻った。


あの限定マカロンと私は縁がないのかもしれない。

あれから仕事が立て込んで昼休みにデパートまで行けなかったり、行けても自分の番がくる前に売り切れたりして買えなかった。

そして最終日の今日。やっと余裕を持って並べると思った昼前にトラブルが発生した。昼休みは当然潰れて、午後もトラブル対応に追われ、そのまま残業になった。

落ち着いたのはデパートの営業終了の間際。限定マカロンは最終日には数量を増やすので、閉店間際まで買えることがある。それに賭けていたが、もう無理だ。

「また来年か……」

しょんぼりしながら、机の上を片づける。残っているのは、もう私だけだ。

こんな日は、気分を上げるためにマカロンが食べたい。でも、もうどこのデパ地下も閉まっている。明日までお預けかと溜め息をつくと、オフィスのドアが開いた。

「よかった、まだいた」

ほっとした表情の真野が入ってきた。なぜこんな時間に帰社したのだろう。

デパ地下の話題を掘り返されたくなくて、この間からなにか言いたそうな彼を避けていた。無視して帰りたい。でも、二人きりのオフィスでは逃げ場がなかった。

本当に間の悪い真野だ。

真っ直ぐこちらに早足で向かってくる彼に体を硬くする。なにを言われても心が割れてしまわないように身構える私の前に、彼は見覚えのある紙袋を差し出した。

「あの、これ。やっと買えたんです。もらってください」

思わず受け取って中をのぞく。あの限定マカロンが入っていた。

「これって……」

「もっと早く渡したかったんですけど、買うのがこれほど大変だとは思わなくて。仕事の合間に何度も並んで、今日、閉店前にやっと買えました」

「え……なんで、そこまでして私に？」

情けない笑みをこぼして頭をかく彼を、目を丸くして見上げる。

「去年の今頃。僕の失敗で取引先へ謝罪に行くとき、このマカロン譲ってくれましたよね。そのお返しをずっとしたかったんです」

あのあと、このマカロンのおかげで謝罪は成功したという。女性社長のお気に入りのお店で、ちょうどほしかった限定マカロンだったそうだ。私から譲ってもらった話をすると、どれだけこのマカロンを買うのが大変か、それを快く渡してくれた私がいかに寛容か女性社長に力説され、それでなぜか失敗を許してもらえたらしい。

「なにもかも早川さんのおかげだったんです。それで同じものを返そうとしたら、もう販売期間が終了してて……他のものをと思ったけど、なにも思いつかなくて」

それから真野は、私の好みを知ろうとしたそうだ。なにかと話しかけてきていたのは、そういうことだったのか。

そして私の周辺をうろちょろするうちにマカロンが好きだとわかった。だが、いろいろなマカロンをデパ地下で買っているのを見て、適当なマカロンでは貴重な限定マカロンの代わりにはならないと思ったそうだ。

「それで、やっぱり同じものをと思って。この間、デパ地下で鉢合わせしたのも、限定マカロンの列に並んでたせいなんです」

「なんだ……そういうことだったの」

へなへなと体から力が抜ける。変に意識してたのが恥ずかしい。

だいたい、あのときのマカロンは経費で処理されたので、さらにお返しなんて必要ない。でも、彼の気遣いが嬉しくて口元が緩む。

「えっと、ありがとう。そういうことなら、ありがたくいただくわね」

ほしいと思っていたマカロンを、このタイミングで持ってくるなんて、真野の間が悪くない日もあるらしい。

「じゃあ、私はこれで……」

「あのっ、好きです！」

さっさと帰ろうとしたところに、言葉がかぶさる。さすが間の悪い真野……それより、今なんて言った？　まさか告白？

告白さえタイミングを外すなんて、もう感心するしかない。

「すっ、すみません。重なってしまって……えっと、早川さんからどうぞ！」

「……じゃあ、帰ってもいい？」

「ええっ、待ってください！　僕の話を聞いてからにしてください！」

この期に及んで話を譲ろうとする真野の間の悪さはいかんともしがたい。アホなのかなと思いながら、「では、どうぞ」とうながした。

「ずっと早川さんのことを見てて、好きになりました。付き合ってください！」

告白だってわかっていたけど、直球すぎる言葉にぽかんとする。

「快くマカロンを譲ってくれたり、デパ地下でも後ろの女性に順番をさっと譲ったり、他にも人の見ていないところでも気遣いができてて、そういうのいいなって」

落ちているゴミをいつもゴミ箱に入れているとか。いつのまにか給湯室の流しが綺麗になっているのは、いつも私がやっていたからだとか。今まで誰にも気づかれたことがなかったあれやこれやを真野が怒濤のように上げていく。

これはなんの拷問か。似合わないと言われるのとは違う恥ずかしさに、顔の温度が上がっていく。そしてやっぱり間が悪いのか、真野はとどめを刺しにきた。

「だから、早川さんのそういうとこが好きで……可愛い人だなって思いました」

ぐるんっ、と体の中で熱が暴れる。可愛いなんて、異性から初めて言われた。

「そんなにいろいろ見られてたなんて……ストーカーですか？」

羞恥に耐えられず、つい憎まれ口を叩く。真野があせって「違います！」と、今度は誤解を解こうと必死に言い訳を重ねだすのが、なぜかくすぐったい。

ヒビが入るばっかりだった私の胸が、ふわりと甘くふくらむ。悔しいけど、嬉しかった。こんな陳腐な展開にときめいている。少女漫画かよと皮肉る自分もいるけれど、マカロン以外で乙女心が満たされていくのを感じた。

ふわりと自然に笑みがこぼれる。彼の口が止まって、しんっと静かになった。

「……お茶を淹れるので。これ、一緒に食べませんか」

いつも一人で味わっていた幸福感を、今日は誰かと分かち合いたい。その相手は彼がいいと、素直に思えた。

# 真夏のエトワール

田井ノエル

――辛いことがあったら、ひとつずつ食べなさい。

今でも、ずっと覚えている。

大理石の作業台に広がった、黒い宇宙を見おろすこの瞬間も。

艶々と滑らかなチョコレートは、まるで鏡のようだった。

流宮星良《ながれみやせいら》は唇を引き結び、自分の仕事と向きあう。

テンパリングは、チョコレート作りにおいて、最も重要な工程だ。チョコレートの原料であるカカオバターは、そのままでは表面が白くなったり、上手く固まらなかったりしてしまう。ていねいにチョコレートの温度を調整することで、カカオバターの脂肪分と糖分の分離を防ぐのだ。テンパリングがチョコレートの命運をわけると言っても過言ではない。基本にして、すべて。

星良はパレットナイフで、チョコレートを大理石に広げる。絵を描くように、手早く。

Meteore《メテオール》が、この店の名前だ。やっと手に入れた自分のショコラトリー。その厨房《ちゆうぼう》で、星良はひたすらにチョコレートを作っていた。開店に向けた商品開発の真っ最中である。

日は落ち、時刻はとっくに午前に差しかかっていたが、休む暇《いとま》などない。

化粧っ気がないのは、男性の中で過ごしてきたから。星良はパリへ渡り、ショコラティエの修業を積んできた。世界的な有名店に弟子入りした女性が帰国して店を持つのは珍しいため、界隈《かいわい》をそれなりににぎわせている。何件か雑誌取材も入った。

まるで成功者の扱いだが、肝心なのは、ここからだ。女性ショコラティエとしての物珍しさでなく、実力を示し、店を軌道にのせなければ意味がない。

だから、開店準備は念入りに――。

「…………駄目」

星良は一言つぶやき、作業の手を止めた。チョコレートの温度が下がりすぎている。こんな初歩的なミスをするなんて、らしくない……。

焦っているんだ。

周囲の期待。女性ショコラティエに対する色眼鏡。よりよい商品への意気込み。どれもこれも、星良の肩にのしかかっている。

けれども、それらは本当の原因ではない。星良も自覚していた。

失敗したチョコレートを前に、星良は項垂《うなだ》れながら息をつく。ただのため息ではない。心を落ちつかせようと、深呼吸を心がけた。やがて頭が整理された頃合いに、星良は視線を持ちあげる。

自然と足が向かうのは習慣だから。星良は導かれるように、厨房から出て行く。従業員の控え室兼事務所として設けた狭い部屋だ。まだロッカーと事務机を並べただけで、職場という実感がわかない。

星良は呼び寄せられるように、事務机の引き出しを開ける。いつもの動作をくり返しているだけで、そこに思考は付随していない。

――星良は、お父さんのetoile《エトワール》だから。

脳裏に蘇るのは、真夏の夜だ。

星良の父も、ショコラティエである。自分の店は持っていなかったが、神戸《こうべ》の有名店に勤めていた。

父のチョコレートが、星良は一番好きだった。

沈み込むくらい甘いキャラメルのプラリネも、ほろ苦く溶けていくビターのタブレットも、一筋縄《ひとすじなわ》ではいかない爽やかなオランジェットも――。

お気に入りは、「エトワール」と名づけられたプラリネだ。小粒で星形のチョコレート。煌《きら》めく銀箔で彩られた装飾が美しくて、子供心に魅了された。味も格別で、ヘーゼルナッツの香ばしさとコクが、ミルクチョコの甘さを中和してくれる。甘さがあとを引かず、いくつでも食べられた。

エトワール――星という意味を持ったチョコレートが、星良にとっての特別だ。星良をモチーフにしたんだよ、と語る父の話を聞いて誇らしかった。

しかし、それは一時の夢。

星良が小学生になった夏の夜、父は初めて六甲山《ろっこうさん》の天覧台《てんらんだい》に連れていってくれた。働きづめだった父が、星良を遊びに連れ出すのは珍しい。その日、母は同行せず、星良と二人きりのドライブだった。

真夏なのに、六甲山はちょっぴり肌寒くて、でも、眼下に広がる神戸の夜景と、頭上を飾る星に挟まれた光景は、今でも星良の脳裏から消えない。眠さも忘れて、星良は地上と空の星を見比べた。


――辛いことがあったら、ひとつずつ食べなさい。


父が星良に渡したのは箱だった。四段の引き出しがついており、細かい仕切りの一つひとつにチョコレートの粒がおさまっている。

すべて違う種類、違う味。星良が食べ慣れたもの、知らないもの。もちろん、星形のエトワールもある。

星良は箱を渡された意味をよく理解せず、「うん!」と、うなずいた。父のチョコレートは好きだ。たくさんもらえて嬉しい。子供ながらに、そう思った。

だが、数日後。父は家を出た。

離婚したのだと、母から聞かされた。

理由は教えてもらえなかったけれど、女の人のところへ行ったらしい。こういう話は、いくら母が口を閉ざしても、親同士の噂から子供へと伝わるものだ。

ショックは受けた。母や娘と楽しく会話している最中も、父の頭には別の女性がいたと思うと、気色悪さすら感じる。天覧台で星をながめた夜も、チョコレートの箱をくれた瞬間も。

チョコレートを食べた。ほろ苦いココアパウダーに包まれたトリュフ。

チョコレートを食べた。ローズの香りをまとったフランボワーズ。

チョコレートを食べた。ピスタチオとベリーの食感が楽しいタブレット。

最初はたくさんあってにぎやかだった箱の中は、みるみる寂しくなった。毎日一粒ずつ。全然足りない。少ない。

父に捨てられたと思うたびに、惨めで悔しくて。けれども、チョコレートを一粒食べると、和らいで。

でも……最後の一つは、食べられなかった。

エトワール。星形のチョコレートだけ、星良の手元に残っている。

父に捨てられて寂しくても。部活で嫌がらせを受けても。失恋しても……星良がショコラティエになりたいと言って、母と喧嘩したときも。結局、何年も何年も、星良はエトワールを食べられなかった。

たった一粒のエトワール。賞味期限などもうとっくに過ぎている。長い間箱を開けていないから、カビも生えているかもしれない。

「………」

この箱は、ずっと星良の手元にある。もらったときは、チョコレートの詰まった宝箱だったのに、今は一粒の星が残された抜け殻だ。

まるで、星良自身のよう。

父に捨てられて……それなのに、父と同じショコラティエになっている。母と喧嘩して勘当同然に家を出て、働きながらお金を貯めてパリへ渡ったのだ。

最初は……どこかで期待していた。父が、星良を迎えにきてくれるのだ、と。

残されたエトワールを食べてしまったら……もう、父のエトワールはなくなる。星良のために作られたエトワールが、この世から消えてしまう。そんな気がしたのだ。

なのに、今は一粒残ったエトワールが、酷く滑稽で寂しくて、虚しくて……自分の店を持ち、まだまだこれからという時期なのに。どうしても、星良の中で引っかかりになっている。

「なんで」

なんで、ショコラティエになんて、なったのだろう。

わざわざ母と喧嘩をしてまで、父と同じ職に就いてしまった。

チョコレートが好きだから——星良が好きなのは、本当にチョコレートなのか——それとも、父が作ったチョコレート？

ずっと……呪われている気がした。

厨房へ戻ると、失敗したチョコレートが、すっかり固まっている。時計の針がうるさくて、一応、時間を確認すると、空が白みはじめる頃合いだった。

なぜ、こうして車を走らせているのだろう。

星良は自問自答するが、やはり明確な答えは出なかった。

父に会おう。そう決断したのは、間違いだっただろうか。回答は、これから得られるだろうか。まっすぐに延びる高速道路を走る星良の思考は虚無だった。

　両親が離婚して以来、父とは一度も会っていない。連絡先も知らなかった。父からは、手紙の一つも来ていない――いや、連絡があったとしても、母がとりあわなかった可能性も考えられる。

　離婚してから、母は父への恨み言を頻繁に口にしていた。そのたびに機嫌が悪くなってお酒を飲むので、星良は自然と、父の話題を避けるようになったのだ。それが星良にとっての自己防衛だった。

　だから、父の居場所を知ったのは偶然だ。父が働いていたショコラトリーの店長と、ばったり出会ったのがきっかけ。ベルギーの有名ショコラティエが、日本に初進出するので、そのお披露目パーティーの場での出来事だった。話すうちに娘だと気づかれ、教えてくれたのだ。

　星良はなんとか誤魔化《ごまか》そうとしたが、「あいつもようやく店を持ったんだよ」と、一方的に居場所を告げられてしまう。

　最初は……迷った。父とはずっと会っていない。

　けれども、自分の店がオープンする前に、区切りをつけたい気持ちがあった。

　星良が現在、車を走らせているのは四国だ。高速道路を下りてから先の道は、左右に田んぼが広がっている。しばらくすると、民家や背の低いビルなどが増え、地方都市の趣が漂いはじめた。

この街に、父が住んでいる。

ハンドルを握る手が震えた。カーナビを確認すると、目的地までは数分の表示である。不思議と、情報を提供した元同僚の店長は、父を悪く言っていなかった。ただ、「不器用な奴だから。会いに行って驚かせるといい」と、苦笑いした顔が星良の頭に焼きついている。

「ここ……」

カーナビが案内した店は、小さかった。ログハウス調の白壁に、青い屋根がのっている。看板はシンプルに、petitと書かれていた。「小さい」を意味するフランス語だ。

店の裏手が住居なのだろうか。星良は軽く首を伸ばしてのぞき込む。

「うちに用ですか？」

不意にうしろから声をかけられて、星良は肩を震わせた。

ふり返ると、若い女の子が立っていた。歳は大学生くらい。化粧をしているが、どこか垢抜《あかぬ》けない素朴な顔立ちだった。目尻が垂れているのが優しい印象を与える――父の目に、そっくりだ。

再婚相手との娘だろうと直感する。星良の異母妹。

「チョコを……買いに」

父に会いに来ましたと言えず、星良は白々しく誤魔化す。だが、女の子は「お店の入り口は、あっちなんですよ」と、笑って教えてくれた。

星良は、さり気なく表札を確認する。そこには、父の名前と、もう一人「未来《みく》」という名があった。再婚相手の名だろうか。

「お父さん、お客さん」

女の子は案内するように、先に店へ入る。星良は背中を丸く縮めながら、あとに続いた。

店は小さいが、可愛らしい雑貨で飾られており、今どきの女性が好みそうな内装だ。ショーケースには、様々なチョコレートが並べられ、すでに売り切れの商品もいくつかあった。それなりに人気店なのだろう。真夏なのに、ショコラトリーが盛況なのはいいことだ。

「未来、おかえり」

その声に、どきりとする。

星良は視線をあげ、店の奥から出てくる人物を確認した。

父だった。二十年は顔をあわせていないのに、すぐわかる。歳はとったが、顔や雰囲気はそのままであった。

「？」

星良があまりに見つめるものだから、父が不思議そうに首を傾げる。向こうは、星良に気がつかないようだ。

「チョコを……ください」

星良は、うつむきながらつぶやく。ショーケース越しに向かいあった父は、にこやかに「はい」と返事をする。

名乗りそびれてしまった……星良は渋々、客としてショーケースをながめる。

「お父さん、支度するね」

「ありがとう、未来」

未来と呼ばれた女の子は、にこにこと笑いながら店の奥へと入っていった。表札に書かれていたのは再婚相手だと思ったが、あれは娘の名だったのだ。

「どのようなものがお好みですか」

「そう、ですね……苦くないのがいいです」

あまり話すと、専門的な用語が口をついて出てきそうだった。同業者が客と偽って、店に来るのは、偵察みたいで気分が悪いはずだ。なるべく、気づかれたくない。

「こちらは、フランボワーズのチョコレート。うちの人気商品の一つです」

示されたのは、赤く色づけられたプラリネだった。まん丸な見目で、宝石みたいに輝いている。名前は、アヴニール。フランス語で、未来だ。

知らないチョコレートだった。

以前に父が作っていたチョコレートと、見た目が違う。星良と暮らしていたときのフランボワーズは、ハート形だ。

星良は、他のチョコレートにも目を向ける。基本的に、小粒のプラリネが整列しているが、タブレットチョコやオランジェット、トリュフ、焼き菓子など、手堅くて幅広いラインナップがそろえてあった。

どれも、星良は知らない。父からもらったチョコレートの箱に入っていた作品と、それぞれ一致しない。

二十年も経てば、流行が変わる。時流にあわせるのは当然だ。

しかし、どこかで期待している自分もいた。また父のチョコレートが食べられるかもしれない、と。

悔しいけれど……星良はこの人のチョコレートが好きだった。忘れられなくて――忘れたくなくて、ショコラティエになって追いかけたのだ。

星良はパリに渡って修業を積んで、こんな片田舎の店よりも、美味しくて評価の高いチョコレートをたくさん食べた。世界で活躍する有名店で働き、実力は折り紙つきだ。なのに、まだ……星良は父のチョコレートに焦がれていた。その事実に改めて気づかされて、戸惑いで背筋が震える。

「甘いチョコレートでしたら、こちらもお勧めですよ。私の一番好きな商品です」

店の奥から、サロンを巻いた未来が出てきて笑う。彼女が示したのは、ショーケースの一番端。目立たない位置に、一個だけ置かれたプラリネだった。

「お客様にも人気で、今日の分はこれだけしか残っていないんですよ」

星の形……銀箔で彩られ、シンプルながら美しく輝いている。自然と商品の名前に、目が吸い寄せられる。

星良は思わず、ショーケースに手を触れる。

「エトワール……」

星良がつぶやくと、父が笑った。

「星という意味で……私にとって、大切な作品です」

多くは語らない。けれども、慈しむように、優しい声音だった。ショーケースに落とした父の視線が、幼い記憶に重なる。

——星良は、お父さんのetoile《エトワール》だから。

父は星良を捨てて出ていった……でも、忘れないでいてくれた。

昔のまま、ショーケースに並んだエトワールが、それを語っているようだ。

「どうして」

星良の唇が震える。

漏れる声は、自分のものか疑うほどか細くて、心許《こころもと》ない。

縋《すが》るような星良の声に、父が戸惑っている。

星良は唇を引き結び、作り笑いをした。

「いえ……実は、このお店のチョコレートを、人からいただいたことがありまして。とても美味しかったです……差し出がましいですが、あなたの腕なら、もっと大きな店で活躍もできるんじゃないかと、思ってしまって」

半分は嘘だ。しかし、父は神戸の有名店に勤めていたし、腕もよかった。こんな田舎で小さな店を営む理由が、純粋に知りたかったのは真実だ。

「それは、この子のためです」

星良の問いに、父は迷いなく答える。もちろん、「この子」とは、星良ではない。ここにこと、接客スマイルを浮かべている未来のことだ。

「母親は、この子を産んですぐ病気で亡くなりまして……男手で育てるには、田舎へ帰ったほうがいいと思ったんです」

「え」

そんな話、聞いていない。星良は困惑した。

「しばらく、チョコレートから離れて工場でお金を貯めていました。ようやく店をオープンできたのも、五年前で。だから、美味しいと言ってもらえて、嬉しいです」

胸を張って笑う父の顔はまぶしかった。

母はそんなこと、星良には教えてくれなかった。知らなかったのだろうか……いや、教えたくなかったのかもしれない。父が自分たちではなく、他の女性が産んだ子を育てるために離婚するなんて。妻子がいながら不貞を働いたのは事実だし、結果的に彼は星良たちを選ばなかったのだから。

星良には、父を恨む権利がある。ここで正直に名乗って、呪詛《じゅそ》の言葉を吐いたって許されるはずだ。どんな理由があっても、星良が捨てられた事実は変わらない。

なのに不思議と心が軽かった。

憑きものがとれたように……胸の底に蔓延《はびこ》っていた黒い霧が晴れていく。

「エトワール……ください」

星良は無意識のうちに、そう言っていた。

「はい。ありがとうございます。他にもお詰めしましょうか」

「いえ……それ一個で充分です」

専門店とはいえ、チョコレートを一粒だけ買って帰るなど、おかしいだろう。父は不思議そうな顔をしていたが、やがて「かしこまりました」と、答える。

たった一つの星が入った、小さな小さな宝箱。

「ありがとうございました」

未来がにこやかにあいさつするので、星良も会釈する。

「あの――」

星良が店を出る瞬間、父がなにか言いかけた。

しかし、星良は遮るようにふり返り、「また来ます」と、つぶやく。

帰りの高速道路。

星良はパーキングエリアに入った。四国と本州を結ぶ瀬戸《せと》大橋《おおはし》が、夜空に浮かんでいる。煌びやかな星の冠みたいだ。

海と島、橋をながめながら、星良はエトワールを口に含む。

懐かしい味がした。ヘーゼルナッツの香ばしさとコクが引き立つミルクチョコレート。

甘さがあとを引かず、何個だって食べられそうだ。

なに一つ変わらない。あのころの父が、そこにいた。

エトワールは、ずっとある。

父は……星良を連れて行ってくれた。捨てられてなどいない。エトワールは、今も作られているのだから。

ようやく、父の呪縛から解き放たれた気がした。

# 苺味の追憶

冬垣ひなた

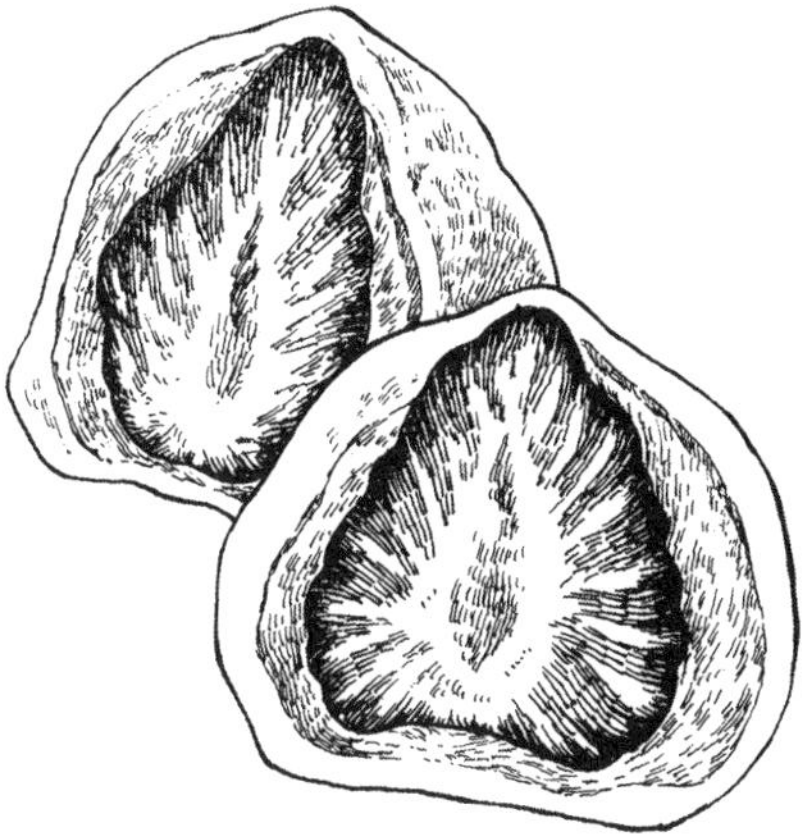

『手塚《てづか》新《あらた》様、芽衣《めい》様、ご無沙汰しております。お元気ですか？　この度むかし堂がリニューアルオープンいたしました。どうかご帰省の折、お立ち寄りください。苺大福もご用意しております』

真冬の誘いが、幼馴染の働く和菓子店から届いた。会社から帰り、マンションの一階にある郵便ポストの前で、買い物袋を提げた手塚新は東京《とうきょう》から遠い郷里を想い佇んだ。葉書に印刷された洒落た和モダンの店構えが、記憶に残る古風な老舗のイメージと結びつかず戸惑った。だが店名しか書かれていないものの、達筆な手書きは、杜岡《もりおか》みなとの字に間違いなかった。宵闇に灯る照明のもと、新は記憶の引き出しを探った。

苺大福か、久しぶりだな。苺が収穫される冬から春にかけて、むかし堂の店頭に並ぶ季節を、新は毎年楽しみに待っていた。幼き日、二人で野球の練習をした後に、みなとの父である先代の店主がおやつに出してくれたあの頃が懐かしい。仕事に追われる会社員になってからは忘れていた、夢と白球を追った情熱を身体が思い出す。今すぐ冬の分厚いコートを脱ぎたい衝動にかられ、新は首を横に振る。いけない、明日は大事な会議があるのに子供じみた事を考えている場合じゃない。

「あら、むかし堂が改装したのね」

すっと横から白い指が伸び、新の手から葉書が消えた。隣には妻の芽衣が立っていて、改まった文面を嬉しそうに読んでいる。モノトーンの冬の装いに通勤鞄を手にした芽衣は、堅苦しいデスクワークから解放され、普段の朗らかさでハミングした。

「芽衣、今帰りか。遅かったね。俺が四国に帰ると聞いたんだろう、店を訪ねてみるよ」

「仕事が立て込んでて、あなたに買い物を頼んでよかった。ねえ、無茶しないから私も今度の帰省について行っちゃ駄目？　コロナの流行でもう何年も新の実家にもご挨拶していないし、随分心配していると思うよ」

区役所で勤める芽衣は東京生まれの東京育ち、お盆で四国にある新の実家に行くことを「避暑」と呼んで、それは楽しみにしていた。新はコロナ禍の終息を待って溜まった有休を使い、真冬の里帰りをする予定だ。とはいえ、彼女には同行できない事情もあり、一人で帰省するからと諭したばかりだ。弱った顔で、新は頭を掻いた。

「ええと、お土産ちゃんと買ってくるからさ。頼むよ、東京でお留守番」

「特級羊羹の詰め合わせだったら、おとなしく待ってる」

ここぞとばかりに好物を要求してきて芽衣は、からりと笑った。付き合い始めた頃から積極的で、二つ年上の姉さん女房らしい快活さに新が惚れたのだから仕方がない。

新は、膨らみ始めた芽衣のお腹をさすった。

「苺大福はこの子が生まれてからのお楽しみだな」

芽衣の妊娠が分かってから、新は細心の注意をもって彼女を手助けしていた。実家の両親も芽衣を可愛がってくれていて、孫の誕生を心待ちにしている。首都圏に暮らす分、コロナ禍では随分両親に心配させた。芽衣と一緒に帰省したいのはやまやまだが、身体に負担のかかる長距離の旅行は控えるべきだろう。

芽衣と二人でマンションのエレベーターに向かって歩いていると、寒風に乗って、幼馴染のみなとの姿が新の心を駆け抜けていった。

亡くなったむかし堂の先代店主には二人の子供がおり、兄は現在の経営者で、妹のみなとは和菓子職人となった。毎年冬の他に、お盆の時期だけ夏苺を使って販売しているが、期間限定の苺大福を味わう機会はこの先も少ないだろう。変わったのはむかし堂だけでなく、新だって同じだ。物理的な距離ばかりか、心も故郷を遠く離れた気がする。

結婚六年目、フルスピードで駆けた二十代最後の自由時間。一人分のチケットで行く帰省の旅で、新はみなとと分かち合ってきた幼き郷愁に別れを告げようと決意した。

夜行バスで四国入りしてから列車を乗り継ぎ、見えてきた街並みを新は窓越しにスマホのカメラで撮影した。伝統文化やお遍路旅など、四国の風土を育んだ歴史情緒あふれる土地でもあり、シーズンオフとはいえ観光客でにぎわっていた。画像と共に『着いたよ』と芽衣にメッセージを送ると即座に既読がついて『気をつけてね』の可愛いスタンプが返ってきた。

　長年住み慣れた実家に戻ると、両親が喜んで出迎えてくれ、新はひどくほっとした。それは両親とて同じであったに違いない。新型コロナの流行で数年会えなかっただけに、話は尽きることがない。

　安心した思いで手を合わせた仏壇には、すでにむかし堂の栗入り最中が供えられていた。先代の店主の頃から毎年変わることはない、手塚家の定番だ。夜、ビールを酌み交わしながら父母にそれとなくみなとの安否を尋ねた。

「杜岡さんたちは感染もなく元気だったよ。しかしな、商売の方が気がかりだ。この街もようやく観光客が戻り始めたが、どうなることか。この時期、改装なんて強気だな」

「大丈夫よ。お兄さんは堅実な人柄だし、妹のみなとさんも立派な和菓子職人になったし。亡くなった先代も鼻が高いんじゃないかしら」

　地元では土産の定番となっているむかし堂の和菓子は、旅行客にも人気が高い。みなとの兄は、先代と同じく和菓子職人を経て四代目店主になった。みなとたち職人や客と接する従業員の意見を経営に取り入れ、若いながらよくやっている。そんな話を両親から聞くと、むかし堂が長く愛される和菓子店となった理由に頷けた。就職を機に故郷を離れて、東京の中小企業でサラリーマンをする新は、ただ尊敬の念を抱くばかりだ。三泊四日の予定だから、明日にでもむかし堂に顔を出そう。早々に布団へ潜り込んで、酔いの回った新はぼんやり天井を見上げた。

お盆に帰省した折は、芽衣と二人でむかし堂の苺大福を食べるのがお決まりだった。消費期限が当日の日持ちがしない商品なので、東京に持ち帰ることはできない。新にとっては、まぎれもなく故郷の味だった。

昔、みなとと食べた苺大福も、それはそれは美味しかった。新の前ではむかし堂の娘でなく、確かに杜岡みなとの人生を楽しむ少女だった。

恋愛感情がゼロだったかと言えば心にさざ波が立つ、そんな時期もあった。とはいえ彼女とは、気の合う仲間としての連帯感が強かった。温かい友情の期間が長く続き、感情が熱を帯びぬまま、やがて大人になってしまった。

「私なら大丈夫。東京へ行って大活躍してなんて言わない、とにかく元気でね」

快くみなとは新を見送ったが、技術と経験を要する和菓子職人への道は、長年の修行が必要だと聞いた。

大事な時に支えになれなかったことを、新は今も悔やんでいた。

観光客が歩く大通りを、冷え切って乾いた風が吹きぬける。駅を中心に、昔ながらの店が建ち並ぶ風情ある景観の人気スポットだ。芽衣のセンスで選んだネイビーのダウンジャケットは、新を冬の寒気から守ってくれた。似たような格好で観光を楽しむ人々はコロナ禍が終息した喜びで、春を待てなかったに違いない。けれど、通りには以前ほどの活気はなく、街の賑わいが戻るには、かなりの時間がかかるだろう。

年季の入った木塀沿いに、角を曲がるとむかし堂の改装した姿がそこにあった。昭和の初めに小さな和菓子屋から始まり、今はカフェを併設するお洒落な佇まいの店になっていた。穿った見方をすればコロナ禍で売り上げが減り、和菓子の店舗販売を縮小したといえる。広々とした厨房を持て余したのかもしれない。何度も看板を見直して、むかし堂に間違いないか確かめていると、引き戸が開いて中から女性が顔を出した。

「あら、びっくり。手塚君じゃないの。帰ってくるとは聞いてたけれど」

長い髪をまとめたみなとが藍染の着物にエプロンをした姿で、新を出迎えてくれた。会わぬ間に、愛嬌のあった目鼻立ちはすっきりとした品格を備えている。お互い二十九歳という年になって、成長した姿に時の流れを感じる。活発でズボンばかり穿いていたみなとは、手伝いの時に着るお淑やかなむかし堂のコスチュームを嫌っていた。高校まで野球少年で短髪だった新も、平日は堅苦しいスーツばかり着るサラリーマンとなった。未来予想図とあまりにちぐはぐで、当時の自分たちが見たらさぞやつまらぬ大人だとがっかりするだろう。

「今年は帰省できてよかった。もうコロナ禍なんてこりごりだ」

「うちだってそうよ。素材の良さを追求したり、若い人に好まれる和菓子を開発したりするうちに、口コミで地元のスーパーや通販が売り上げを伸ばして悟ったわ。時代が変わったんだって。兄と相談して、将来支店を出す予定をとりやめてその資金を思い切って店の改装費用に充てることにしたの。顔馴染みの人から旅行客まで、かしこまった席でなくても和菓子を楽しめる空間を提供して、何とかうまくやっていけるよう、頑張っているところよ」

むかし堂の暖簾《のれん》をくぐると、白を基調とした壁に緑の竹林を模したデザインが目を引き、明るい清々しさがあった。縮小した販売スペースには、美味しそうな季節の生菓子や団子、饅頭に煎餅といった和菓子が並ぶ。右手にはゆったり寛げるカフェコーナーがある。発案はおそらくみなとだろう。以前の伝統を残しながら、親近感ある和菓子の店づくりは、堅苦しさが苦手な彼女らしいアイデアだった。

みなととの付き合いの始まりは、保育所に通う幼少の頃に遡る。若かった母に連れられむかし堂を訪れると、退屈そうにふてくされた顔で座っている女の子がいた。大人が世間話をする隣で、アニメに登場した怪獣の話だったり、これから作るブロックのお城の話だったり、杜岡みなとは新という話し相手を得てすっかり機嫌が良くなった。

小学校に入ってからのみなとは活発で、友達が増えたのが嬉しいらしく、勉強よりボール遊びに夢中になる毎日だった。当時、身体が小さく丈夫でなかった新は、彼女が羨ましくて仕方がなかった。目で追っていたのは恋というより、憧れのヒロインを見守るような気持ちに似ていた。クラスメイトはむかし堂のお嬢さんとして彼女に接していたけれど新はそう呼ばれるのが嫌いだと察して、学校では一度も和菓子の話をしなかった。

経営者であるみなとの父が、成長した子供たちに期待を寄せていると、世間話をしているのを耳にしたからだ。むかし堂には何人かの職人はいるが、いずれ高齢になる。和菓子店は家族経営が多いなか、後継者不足で廃業する店もあるという。難しげな話だが、長男だけでなくみなとも、むかし堂の将来を背負っている様子だった。

「ねえ、新は大人になったら何になるの？」

あるときみなとに聞かれて、何も考えていない自分がやけに格好悪いように思えた。親の職業に縛られるみなとからすれば、新は自由気ままな子供なのである。しかし、みなとはそんな新に不満もなく、ただ将来の夢を聞きたくてたまらないらしかった。

苦し紛れに「野球選手になりたい」と模範解答のような想像を語ると、みなとは翌日からキャッチボールに誘ってくれた。同年代の男子に運動で引け目を感じていた新は、無心にボールで遊ぶ楽しさを初めて知った。

自分だってやれば出来るかもしれない。新は体力をつけるためランニングを始め、やがて中学高校と野球部に入った。活躍するほど強くはなかったとはいえ、生きていく上で大きな自信に繋がった。

幼い頃のみなとは、むかし堂を古臭いと煙たがっていた。和菓子作りに情熱を注ぐ両親に構ってもらえず、反発していた節もある。和菓子が大好物の新はといえば、家のおつかいで買いに行ったむかし堂で、みなとの両親とも親しくなった。キャッチボールが好きなことを先代に話すと「娘の面倒を見てくれてありがとう」と逆に感謝された。みなとは不機嫌そうだったが、素直になれない立場を感じて同情した。

冬場は、みなとが苺大福を持って新の家に遊びに来ることもあった。

「面倒見てるのはどちらかというと私なんだけどな」とぼやくみなとは、冷え冷えとした空気のせいか頬を紅く染めていた。彼女が帰った後、箱を開けて眺めた苺大福は大小不揃いで、商品にならないものかもしれない。しかし新の好物をわざわざ届けて、後日

「美味しかった」と言うと小躍りしそうなほど喜んだみなとから、心の底に隠し持ったむかし堂への愛情が伝わってきた。

芽衣への土産を選んだあと、新はカフェで和菓子を食べることにした。

「杜岡さん、苺大福とお抹茶のセットを頼むよ」

みなと、と名前で呼ばなくなったのはいつからだろう。気の合う幼馴染でいるための傷つかない距離の取り方。思春期に入ると周囲の目も気になり、いくら仲が良くても今まで通りにいかなくなってくる。

「家の手伝いがあるから」と部活を辞めたみなとと、早朝から夕方まで野球の練習に励む新との生活はずれていき、次第にむかし堂とも縁遠くなっていった。

厨房に入った彼女の姿を見つめながら、新は物思いに耽った。確か、高校時代にみなとに彼氏を紹介された時、『新』から『手塚君』に変化したのが先だった。掌からすり抜けていった陽炎のような幻に名前を付けるとしたら恋だったのだろうか。

一瞬揺らいだ感情に新が蓋をしたのは、それからしばらくして彼女の両親が交通事故で他界したからだった。跡継ぎとはいえ若い兄の憔悴した姿を目の当たりにして、ようやくみなとはむかし堂への深い愛情を認めたのだった。

葬式の後、みなとは泣きはらした目を隠そうともしなかった。職人をやめ経営に専念する兄を手伝うために、製菓の専門学校に通う将来の進路を、新に打ち明けた。

「父さんと母さんが遺したのは、むかし堂だけじゃない。長年店を支えてきた職人や従業員もいる。和菓子を好きだと足を運んでくれるお客様もいる。兄さんの手助けができるよう一人前になって、むかし堂の味を受け継がないと。ううん、私がそうしたいの」

その時付き合っていた彼氏とはうまくいかなかったらしい。家庭の事情を抱えたみなとを支えられるほどの覚悟はなかったようだ。かといって新がその後釜に座ろうとするのも、弱っている心に付け込んでいるようで憚られた。

結局、兄妹が店の暖簾を守ろうと奮闘する姿を遠くから見つめ、つかず離れずのまま新は故郷を後にしたのだった。

「奥さんはお元気なの？　一緒に来ればよかったのに」

「じきに子供が生まれるんだ、妊娠五ヶ月目」

「おめでとう、手塚君もいよいよ父親になるんだね」

「コロナ禍もあったし、人生観が変わったよ。家族が大事って頭では分かっていたけど、行動で示していなかった自分に反省している」

テレワーク勤務に変わり、時間に余裕が出来た時、子供が欲しいと芽衣に相談されて承諾した。世の中何があるか分からないと知った今、人生設計を先延ばしになんてしていられないと、新も考えたのだった。

「私だって同じよ。代々続いたこの店をどう守るか考えていたら、世の中の変化を受け入れるしかないなって思った。でも面白くて味わい深い和菓子が増えて、それが我が子みたいに可愛いから、困ったなんて気持ちも吹き飛んじゃった」

慣れ親しんだむかし堂のリニューアルを、前向きに受け止めているのだろう。引っ込み思案だった新を、いつも引っ張ってくれたみなとの頼もしい背中を思い出す。人一倍頑張ったはずなのに、コロナ禍に翻弄された彼女の気持ちは察するに余りある。

みなとが黒塗りの盆を持って、新の所へ戻ってきた。ふっくらとした羽二重餅の苺大福と、お抹茶の入った茶碗が、盆に載せられている。

さらに、鮮やかな色の苺の入った皿があった。

「農家から特別に仕入れた、糖度の高い苺なのよ。苺が旬の今はこれで、苺大福を作っているの。寒い中、うちへ足を運んでくれたお礼ね」

「ありがとう、杜岡さん」

「私がこうしていられるのも手塚君のおかげ。昔、遊びに行ったとき苺大福を手土産に渡したのを覚えてる？　あれは親に頼み込んで、私が作ったものなの」

お手拭きで拭い、苺大福に伸ばしかけた新の手が、ぴたりと止まった。

「いつもの苺大福に比べたら不格好だったでしょう？　随分練習したんだけど、思い通りに作れなくて悔しかったな。でも、両親が亡くなった時分かったの。私の中にむかし堂と両親の思い出を作ってくれたのは手塚君だったって」

みなとが懐かしいアルバムを開いたように過去を思い出し、目を潤ませているのに、新は気づかない振りをするしかなかった。

いつからなんて、明確なきっかけはない。遊ぶうち仲良くなって、いつも別れ際に寂しくなった。それが切なさから苦しさに変わり、距離を取るようになった。

新の前で、餅と餡に包まれた主役の苺は、大福の中に慎ましく隠れている。伝えられなかったお互いの感情が、そんな甘酸っぱい味がしたとしても、二度と味わうことはないのだ。

新は改めて苺大福に手を伸ばすと、懐紙の上で粉を落とし口に運んだ。

しっとりとした餅と上質なこし餡の、調和した甘さが舌に広がる。そして、瑞々しく軟らかな苺の果肉が加わって、和スイーツといえる味に、新は何度も満足げに頷いた。

「昔も今も、君の作る苺大福は変わらず美味いよ。ストレートで心のこもった味だ」

「よかった。苺大福は、父から直接教わることができたから。本当はむかし堂が好きだったのに素直じゃなかったな。手塚君の前じゃ、特に」

みなとは『新』でなく、『手塚君』との自分の気持ちの在《あ》り処《か》を確かめたのか、吹っ切れた爽やかな顔で一歩離れた。

新は手を拭き、皿の上の苺を齧った。真っ赤に熟した果物の品がある甘味と酸味が口内に広がる。しかし、その甘酸っぱさはあっさりしていて、瞬く間に口の中から消えていく。まるで初恋のように。

消えてしまうからこそ、この甘酸っぱさは尊いのかもしれない。そんなことを考えたら、急に芽衣に会いたくなった。

東京の生活に慣れた頃、会社の友人に紹介されたのが芽衣だった。野球をやっていた話をすると、「じゃ、初デートは東京ドームね」と新が誘うより先に決めてしまった。結婚式場も、新居もそうだ。だから妊娠して母子健康手帳を手にすると、真っ先に喜ぶかと思いきや、芽衣は緊張した面持ちで新を見上げた。

「嬉しすぎて怖いの。私、ちゃんとこの子の母親になれるかな？」

「なれるよ。俺たち夫婦を選んで、神様が授けて下さったんだから」

人生を懸けて、これまで以上に家族を守っていきたい。芽衣の肩を抱き寄せ安心させ、生まれてくる赤ん坊の存在を確かめたあの時に、新は強く願った。

みなととは、離れた手を振って、遠くから応援する友達で居続けることができた。こうして会ってお互いの幸せを祝えるくらい、とても自然な形で。

人生が交わらなくても出会えてよかった、そう思える人がいる。旅立つ新の背を押し、故郷で頑張っているみなとに心から感謝した。

「ありがとう、また来るよ。子供を見せたいし、妻と苺大福を食べたい」

新の言葉に、みなとの綻ぶ笑顔が重なった時、店の奥から男の声がした。

「いらっしゃいませ。手塚さんですね、ご来店お待ちしていました」

職人服を着た同年代の几帳面そうな男は、浅黒い肌の口元から白い歯を覗かせている。みなとの兄ではない男性は、日高《ひだか》と名乗った。

「他県からうちに来て職人になったくらい、和菓子作りに情熱を持った人なの。むかし堂のエースだって、お客様の間でも評判なんだから。六月に結婚するの、私たち。次に来るときには、日高みなとになってるわね」

おめでとう、と二人を見比べながら新は祝福した。

両親のむかし堂の味を守ると言っていたみなと。日高が加わった店の味は、少しずつ変わっていくのかもしれない。キャッチボールの相手は変わっても、みなとは全力投球で人生に挑み続けるだろう。こんなにも喜べる日が来たことを、新は後ろ髪を引かれる思いで故郷を離れた過去の自分に教えたいくらいだった。

「ええと、日高さん。今、人気の和菓子はありますか」

「それでしたら、こちら新作の『鶴の舞』はぜひお薦めです」

ショーケースに並んだ和菓子を前に、新は芽衣と生まれてくる子供の笑顔を想像して、目を細めた。みなとが作る白球のような苺大福は、もう新の思い出だけではなく、多くの人々に愛され新たな思い出を作っていくだろう。

みなと、おめでとう。高校生の自分が言えなかった言葉のボールを、ようやく彼女の胸に返すことができた。未来へ向かうむかし堂の一ファンとして、これからも遠くからエールを送る友でありたい。

新のポケットの中でスマホの着信音が鳴り、芽衣からのメッセージが入っている。またベビー用品を買ったのか、新の帰りを待ちきれず写真を添えてこう書かれていた。

『二人ぼっちの東京は寂しいよう（泣）　早く帰ってね、パパ』

初めて呼ばれたその響きに、新はたとえようのない感謝が込み上げ天井を仰いだ。野球選手にはなれなかったし、他に見る夢もなかった。だが、そんな新が東京で必死に働き、芽衣と出会い、間もなく家族がひとり増える。

きっと子供を連れて、三人で郷里を訪れよう。コロナ禍の終息後、世界はどう変わるか分からない。けれど再出発したむかし堂で苺大福を食べる思い出は、家族という心のアルバムに何枚も残っていくだろう。

『気持ちが通じたのかな。離れすぎて、君の顔が急に見たくなった』

席に座り和菓子を待つ間に、芽衣にメッセージを返信し、新は慌ただしい東京での生活を振り返る。家族と暮らすマンションの一室は、ありふれてはいるが思い出の詰まった場所だった。これから生まれてくる子供にとっては、やがて懐かしい風景になる。父親となり守っていくと決めた、かけがえのない第二の故郷だった。

一足先に春が訪れたように、新は温もりに満たされた。東京に帰れば、晴れ渡った心で、小さな命を宿す芽衣の元へ駆けていこう。

和菓子を運んできたみなとの影が落ち、新は顔を上げた。邪魔しないよう気遣ったのか、盆を置いた彼女は柔らかな表情で日高の隣へ帰った。いつか冬は去っていく。この二人の場所もまた、陽だまりのように心地よさそうに見えた。

変わる味と変わらない優しさ。未来を向けば、誰にだって予想もできない見知らぬ人生が広がっている。新は子供が生まれたら、芽衣が呆れるほどの親馬鹿になってやると固く決意した。

# スイーツアクター

溝口智子

青と黄色を基調にしたデザインの戦闘用スーツを身に着けたヒーローが、カメラに向かってポーズを決めた。

「はい、カット！」

監督の一声で静かだった撮影現場がワッと沸く。

「セイギマン役、藤代涼《ふじしろりょう》さん、クランクアップでーす！」

一年間放映されてきた特撮ヒーロー番組『セイギマン』の最終回、四十九話目の撮影日だった。撮影スタッフから盛大な拍手と大きな花束が、主役のスーツアクターである涼に手渡される。涼は花束を受け取り深々と頭を下げた。しかしヒーローの仮面の下の表情は暗く、乾いていた。

二十歳から十二年間、何作もの特撮番組の主役を務め続けてきた。だが来期の主役を若手のスーツアクターに奪われ、自らのスーツアクターとしての歴史に終止符を打つと決めた。撮影現場から去る涼の足取りは重い。だが、次のシーンの撮影準備に忙しいスタッフは、そんなことには気付かず、足早に涼の側から離れていった。

「もう一度考えなおそうよ。アクションが嫌になったわけじゃないんでしょ」

ふくよかな恵比須《えびす》顔をしたマネージャーの金沢《かなざわ》が、何度目になるかわからないセリフを繰り返す。アクション事務所に置いたままの私物を片付けに赴いた涼を説得しようと今日もまた言葉を尽くしていた。

「来期の主演を逃したのは残念だけど、これから、来々期のオーディションもあるし、悪役《ヴィラン》だって悪くないよ」

荷物を抱えた涼は、金沢を無視して脇をすり抜ける。それを見ていた同期の男性アクターが、涼の肩を引いて立ち止まらせた。

「なんだよ、その態度。デビューしてからずっと金沢さんのお世話になっておいて」

「ほっとけよ。関係ないだろ」

肩に掛けられた手を払いのけ、涼はまた歩き出そうとする。男性は涼の前に回って道を塞《ふさ》いだ。

「SNSでもいろいろ悪評を書かれてるじゃないか、最近のセイギマンは気合いが入ってなくてカッコ悪いとか。投げやりな気持ちが演技にも出てるんだ。自分で自分の評価を下げてるんだぞ」

涼はそんな忠告を鼻で笑う。

「もうヒーロー役なんてやらないんだ。年齢を感じさせない体型だとか、キレのあるアクションだとかも必要ない。これまでは無理やりヒーローっぽいまねごとをしてただけで、俺には特別な才能もやる気もなかったんだ」

「なあ、そんな自分を蔑《さげす》むようなことを言うなよ。俺たちみんな、お前を心配してるんだぞ」

興味なさそうに涼は宙を見ている。

「ふうん。それで？」

涼の態度にむっとしながらも、男性は言葉を続ける。

「ホームを出ていくようなことをするなよ。事務所のみんなは仲間だろ。ずっと一緒に頑張ってきたじゃないか」

涼は小バカにした様子で、鼻で笑ってみせた。

「仲間？　同じ事務所だと言っても、結局は役の取り合いをする敵じゃないか。端役しかもらったことがないから、危機感が足りてないんじゃないのか？」

「なんだと……！」

険悪な雰囲気を遮るように、金沢がのんびりと割って入る。

「まあまあ、せっかくのお祝い気分が台無しになっちゃうよ。ほらほら、涼。花束忘れてるよ」

「捨てておいてくれ」

振り向きもせずに事務所を出ていく涼のあとに、花束を抱えた金沢がついていく。

「今までのキャリアがもったいないよ。ファンの子どもたちも悲しむ」

涼が立ち止まり、金沢と目を合わせた。

「特撮ヒーローファンの子どもは、主演俳優のファンだ。スーツアクターは所詮『中の人』だろ。顔を知られることもない。俺がどれだけ良い演技をしたって、視聴者が見ているのはヒーロースーツと仮面なんだ」

顔を出すことがないアクション俳優を、ヒーロースーツの『中の人』と言い表す風潮を、涼は嫌っていた。それなのに、今その呼び方をわざと使ったのは、スーツアクターを辞めるという決意が固いからだろう。金沢は悲しそうに小さなため息をついた。

「そうかあ。もう気持ちは変わらないんだね」

顔を背けた涼は、むっつりと黙り込む。

「じゃあ、最後に一つだけ、お願いがあるんだけど」

涼からの返事がないことには頓着せず、金沢は元気に手を上げて提案する。

「スイーツを食べに行こう！」

涼の冷たい表情がさらに不快気に歪んだ。

「俺が太りやすい体質だから節制してること知ってるだろ」

「うん。でもさ、スーツアクターを辞めるなら、今みたいに厳密な体型コントロールは必要なくなるよね」

確かにそうだ。ヒーロースーツに合わせるために続けてきた細かな体型の計測も、毎日の苛酷《かこく》なアクション訓練も、もう必要ない。涼は喪失感に襲われて、力なく地面に目を落とした。

「そうだな。俺はもう、甘いものを食ってもいいんだよな」

「よし！　じゃあ、行こう！」

意気揚々と歩き出した金沢のあとを、涼は伏し目がちについていった。

＊＊＊

「到着。この店だよ」

一軒の菓子店の前で金沢は足を止めた。

「洋菓子、和菓子、中華菓子とか。えっと、ほかにもいろんな国のお菓子があるんだけど、どれも絶品なんだ」

「ふうん」

興味なさそうに呟《つぶや》き、涼は店に目をやった。年代を感じさせる建物だが、手入れが良いのか古ぼけた感じはしない。どこかきらびやかで、今の涼の気持ちとは正反対だった。

金沢がドアを開けると甘い香りがふわりと広がる。スーツアクターを目指した学生時代から近づかないようにしていた魅惑の香りだ。

「いらっしゃいませ、金沢様。お待ちしておりました」

お菓子がずらりと並ぶショーケースの裏から小柄な女性店員が出てきた。店の奥にあるイートインスペースに案内されると、すぐに温かいコーヒーが運ばれる。

「ご注文のお菓子、すぐにご用意いたしますね」

店員が厨房に入って行くと、金沢が得意そうに胸を反らす。

「ここね、注文したらどんなお菓子でも作ってくれるんだ」

「ふうん」

やはり、気のない返事しかしない涼に、金沢は一方的に話しかけ続ける。

「絶対いつか涼に食べさせるんだって決めてたんだよ。本当はお菓子が大好きなのに、みんなが食べている時も我慢しててさ。涼はすごいよ」

そんなことを言われても、皮肉にしか聞こえない。お菓子を食べているみんなから歯噛みする思いで目を逸《そ》らしていたことを知られていたのだ。なんでもないふりをしていたつもりだったのに、食欲に執着していることを見抜かれていた。情けなくて涙が出そうだ。涼は悔しさに、ぎゅっとこぶしを握った。

「アクションだって、誰よりも厳しい訓練をして……」

それは誰よりも体が硬く、ケガをしないためには少しの油断も出来なかったからだ。出来ることなら楽をしたいという気持ちに蓋をしていただけで、偉くもなんともない。

涼が屈辱的な気持ちでいることを知らぬ金沢の言葉はまだまだ続きそうで、耐えられなくなった涼は席を立とうとした。その時、厨房から真っ白なコックコートを着た、店長と思《おぼ》しき男性がやって来た。

「お待たせいたしました」

二枚の白いプレートをテーブルに置く。涼は目を丸くした。

「これは……」

「あ！　セイギマンパンケーキだ！」

突然の大声に驚いて振り返ると、十歳くらいだろうか。手足がひょろりと長い少年がドアを潜ってきたところだった。少年は涼たちのテーブルに駆け寄ると、しがみつくようにして両手をテーブルに突いた。

テーブルに置かれたプレートには生クリームが雲のように広がり、その中央に二枚のスフレパンケーキが重なって浮かんでいる。ブルーベリーとマンゴーのソースが、青と黄色の模様を描く。少年が興奮気味に言う。

「本当に本物のセイギマンのヒーロースーツの色合いだ。フルーツソースで描かれた模様はセイギマンの胸についているエンブレムをかたどっている。

「お兄さんはセイギマンなんだね」

少年に言い当てられて涼は慌てたが、自分はスーツアクターであり、子どもに顔を知られてはいないはずだと、すぐに肩の力を抜いた。

「違う。テレビをよく見ていなかったのか。セイギマンはこんな顔じゃないだろう」

「でも、セイギマンパンケーキはセイギマン専用のメニューだもん。食べられるのはセイギマンだけなんだ」

番組内でのセイギマンの設定をよく知っているようで、少年は涼を諭《さと》すように言う。

「セイギマンが働いているカフェのメニューにはないけど、店長が特別に作ってくれるんだ。店長はセイギマンの正体を知ってるから。それでね……」

捲《まく》し立てられて涼はうんざりと、そっぽを向く。少年とともにやってきた男性が大股で歩み寄り、少年の肩に手を置いて頭を下げた。

「すみません、息子がご迷惑をかけて。だめだろ、慧《けい》。食べていらっしゃるところにお邪魔したら」

子どもが好きの金沢が慧というらしい少年と父親に、にこやかに応じる。

「大丈夫ですよ。私たちもセイギマンが大好きですから」

涼は『私たち』と一くくりにされたことが不愉快だと顔をしかめた。そんなことにはお構いなく、少年は金沢に笑顔を向ける。

「おじさんはセイギマンのどこが好き？　僕はね、敵を倒すだけじゃなくて、平和を愛する固い決意を持ってるところが大好きなんだ！」

「そうか。おじさんはね、セイギマンがスイーツ好きだっていうところに親近感を覚えるかな」

その意見にも大いに賛同するということか、慧は両手をぎゅっと握り締めて何度も頷いている。

「そうだ、知ってる？　セイギマンのパンケーキ、すっごく美味しいんだって。ネットで見つけた撮影スタッフのこぼれ話なんだけど、撮影で使ったパンケーキは、スタッフみんなで分けて食べてるんだって」

金沢も慧に微笑みかけている。

「セイギマンの食べかけのパンケーキなんて、羨ましいなあ。ファンにはたまらない逸品だよね」

聞いていないふりをしていた涼が、不機嫌な声で口を挟んだ。

「セイギマンは一度もパンケーキに口を付けていない」

睨むように鋭い目つきで慧を見るが、慧はきょとんとしただけで動じることもない。子どもに迫力で負けたような気持ちになって、涼はむっとして目を逸らした。

「パンケーキを口に入れようとしたところで、救援要請が入る。フォークを放り出して駆け出す。それが毎回のお約束だ。最終話までの全四十九話の中で一度だって、一口も食べていない」

「すごい、お兄さん！　最終話まで知ってるの？　どこで聞いたの？　とっても詳しいんだね。大ファンなの？」

身を乗り出す慧から顔を背けて「大嫌いだ」と吐き捨てるように言う。慧が話を聞きだそうと口を開きかけたが、父親が恐縮した様子で慧の腕を引き、テーブルから引きはがした。

「もうやめなさい。お邪魔になってるから。お菓子を買って帰るぞ」

父親の手から逃げ出して、慧は金沢の後ろに回り込む。

「僕もパンケーキ食べたい。セイギマンになるんだ」

年齢のわりに幼い発言に涼はイラつきを覚えた。つい大人気《おとなげ》なく嫌みな言い方になる。

「なれるわけないだろう。ヒーローなんて実在しない。あんなのは作り物、全部ニセモノだ」

わざと子どもの夢を壊そうとしている涼の言葉を、金沢は慌てて否定する。

「そんなことないよ。セイギマンは本当にいるからね」

慧は金沢を安心させようとしてか、にっこりと笑ってみせる。

「大丈夫だよ、おじさん。僕だってちゃんと知ってる、特撮は作り物だって。でもセイギマンになりたいっていう僕の気持ちは本物なんだ」

慧のことを小賢《こざか》しく、疎《うと》ましく感じて、涼は冷ややかに慧の父親に話しかける。

「スフレパンケーキは、早く食べないとしぼむんで」

父親が慌てて慧を捕まえようとするが、慧はテーブルを回り込んで父親と対峙する。

困りきった父親に救いの糸を垂らすかのように、店長が近づいてきた。

「当店のスフレパンケーキはしぼみません。ごゆっくりお召し上がり下さい」

慧を睨み、父親を見据え、店長を見上げた涼の視線は剣呑《けんのん》だ。金沢は涼が口を開き、苦言を呈する前にと早口で言う。

「そういえば、まったくしぼんでないですね。なにかコツがあるんですか？」

店長は愛想の良い笑みを浮かべる。

「はい。夢と希望を詰め込んでいます」

ガツンと硬い音が響いた。涼が、握ったナイフの柄をテーブルに叩きつけたのだ。

「そういうおためごかしは、いらないんで」

涼に睨み上げられても店長は飄々《ひょうひょう》としている。

「しぼまないのは確かですから、お好きなタイミングで……」

最後まで言わせまいと、涼はさっさとパンケーキを切り分ける。涼の手のひらほどもある大ぶりなパンケーキを真っ二つに切って、大口を開けて放り込む。途端、涼の目が見開かれた。ゆっくりと一嚙み、二嚙み。

「……消えた」

呟いた涼に金沢が心配そうに尋ねた。

「しぼんじゃった？」

「いや、溶けたんだ。溶けて消えた。これじゃ、本当に夢みたいじゃないか」

呆然とプレートを見下ろす涼は、ひどく傷ついたように見える。夢を諦めようとしている自分自身を直視して衝撃を受けたかのように、力が抜けている。慧はしばらく涼を見つめていたが、そっと尋ねた。

「どんな味？」

涼は下を向いたまま答えた。

「甘い飲み物みたいだ、喉を流れて消えた。いや、違う。ふわふわしてなにもかも消えたと思ったのに、口の中になにか残ってる。なにか知っていたはずのものがあるんだ」

金沢がうきうきと、ナイフとフォークを手に取る。

「夢と希望って、そんな味がするんだね。私も食べようかな」

ナイフをパンケーキに向けた金沢の笑顔が凍りついた。慧が目を見開いて金沢の手許《てもと》を見つめている。獲物を見つけた鷹のように、今にも爪を光らせて、パンケーキを獲りに襲い掛かってきそうだ。

「えっと、慧くん。食べる？」

慧は金沢の手許から視線は外さないが、きっぱりと首を横に振った。

「ううん。それはおじさんがセイギマンだっていう証拠だから」

金沢がぷっと噴き出す。

「私はセイギマンにはなれないよ。こんなにお腹が出っ張ってるんだから」

慧は真剣な表情できっぱりと言い切る。

「お腹は関係ないよ。『正義の心を持っていれば誰だってセイギマン』なんだよ」

それは涼もよく知っている言葉、セイギマンの主題歌の歌詞だ。金沢がパンケーキを切り分けて慧にフォークを渡そうとする。

「じゃあこれで、君もセイギマンだ」

「いい加減にしてくれ！」

荒い語調で涼が二人の会話を止めた。

「いないんだよ、ヒーローなんて。この世のどこにも」

吐き捨てるような涼の言葉を聞いた慧が、力づけようとするかのように見つめる。

「いるよ。僕がヒーローになる」

目をキラキラ輝かせる慧に、なにをバカなことを言うのかと腹が立つ。大人になればわかる、この世にはヒーローがもたらす絶対的な正義などないと。ヒーローになりたいという夢はいつか破れると。それなら最初から夢など見ない方がいい。

「僕は、大きくなったらヒーローの『中の人』になるから。子どもたちのために戦うんだ。お兄さん、僕のアクション見てて！」

慧はセイギマンのキメポーズを披露する。主演俳優が演じる、よく知られた変身ポーズではない。ヒーロースーツを着た涼が演じ続けた複雑な動きだ。

「子どもたちの夢と希望は俺が守る！　孤高の戦士、セイギマン！」

そのセリフを涼はスーツの中で何度口にしただろう。セリフのタイミングを計るためだけに、絶対に子どもに聞いてもらえることはないと知りながら。そうわかっていても涼は手を抜くことなく本気で名乗りを上げていた。

主演俳優のようにかっこよくもない、良い声をしているわけでもない。それでもこのセリフは自分のものだと涼は思っていた。慧はまるでその声が聞こえていたかのように涼のタイミングそのままに、名乗りを上げたのだ。

ふいに熱いものが喉元からせり上がった。目が潤みそうになるのをぐっとこらえる。子どもに涙は見せられない。

「まだまだだな」

低い声で呟くと、ガツガツとパンケーキを平らげて立ち上がった。

「俺が行かねば、誰が戦うんだ」

変身前の主演俳優のセリフを初めて口にする。それから一度も演じたことのない変身ポーズとともに、次のセリフに気合いを入れる。

「変身！」

そのあとは紛れもない、涼の時間だ。今は私服なのに、まるでヒーロースーツを着たときのような緊張を感じる。

「子どもたちの夢と希望は俺が守る！」

もう撮影は終わった。これが最後のアクションだ。たった一人の子どものために最高のセイギマンを演じる。

「孤高の戦士、セイギマン！」

悪人が襲ってくることも、爆発から逃げる人を救うこともない。この世に絶対の正義はないかもしれない。だが、ここにいる少年は、目を輝かせて涼を、いや、セイギマンを見つめている。

思い出した。涼は握っていた手を、そっと開いて見つめる。自分も慧と同じだった。アクションスーツを着たヒーローが、かっこよくキメポーズを構えた姿に憧れた。自分を犠牲にしても誰かを助け、力づける姿を見つめ続けた。どれだけ歳を取っても忘れられなかった。本当は今だって覚えている。幼い頃からずっと抱き続けた夢も希望も、胸の奥にあって、少しもしぼんでなどいない。

最後の撮影、ヒーロースーツの中で言ったセリフを涼が口にする。

「倒れても、何度だって俺は立ち上がる。子どもたちの未来を守るために」

「セイギマン！」

慧が涼に抱き着いた。

「すごい！　やっぱり、本物だ！」

涼は静かに首を横に振る。

「俺は本物じゃないよ。ヒーローはこの世界にはいない。でもそんなことどうだってい
い。俺は子どもの頃の夢を思い出したんだ。たとえヒーローじゃなくても、俺は戦う」

金沢に向き合うと、涼は深く頭を下げた。

「金沢さん、もう一度やらせてください。次のオーディション、受けさせてください」

「もちろんだよ。みんなが涼を待ってるよ」

顔を上げた涼は明るい笑みを浮かべる。その力強い笑顔を慧に向けた。

「少年、またどこかで会おう」

セイギマンが言いそうなセリフを聞いて、慧は楽しそうに頷く。

「うん。いつかテレビで僕を見つけてよ。スーツアクターになって、お兄さんみたいに
カッコいいアクションを見せるから」

涼は変身してスーツを纏《まと》ったヒーローのように、力強く慧の肩を叩いた。

# たいやき、恋々

一色美雨季

脩平《しゅうへい》の祖母が右足を骨折したのは、祖父の一周忌を終えて一ヶ月が経った頃だった。

「仏壇のお供えとお花を買いに行く途中で、うっかり転んじゃってね。こんなに自分の骨が脆くなってるなんて知らなかったわ。ほんと、歳なんて取りたくないわねえ」

病院のベッドの上で祖母は笑うが、八十三歳の右足骨折なんて治るのも遅いし、場合によっては、動けないことをきっかけに本格的な認知症が始まってしまう惧《おそ》れもある。手術は成功したものの、はっきり言って笑えない状況である。

「お医者さんがね、リハビリしないといけないから、しばらく入院ですよっておっしゃるの。困ったわねえ。お仏壇のお世話、どうしようかしらねえ」

「お義母さんはそんなこと気にしなくていいんですよ。私がしますから」

脩平の母は言うが、祖母は「ダメよ、今の時期のあなたは忙しい身じゃない。これ以上の無理はさせられないわ」と首を横に振る。

生命保険会社に勤める母にとって、七月の今は繁忙期だ。業界では『七月戦』と言うらしいが、脩平も子供の頃から、この時期の母の疲労困憊ぶりはよく理解している。

加えて、祖母の実子である父は半年前から海外へ単身赴任中だ。一周忌のために一時帰国はしたものの、仏壇の管理をするためだけに帰国なんてできるわけがない。

そうなると、残るはひとりだけ。

「脩ちゃんにお願いしようかしらねえ」

白羽の矢が立った脩平は、戸惑いの表情を浮かべ露骨に拒否しようとしたが、祖母はそれを「もう高校生だし、できるわよねえ」と気付かないふりで乗り切ろうとする。

「難しいことはなにもないのよ。お花が枯れそうになったら替えて、学校に行く前にお線香を立ててくれればいいの」

もはや嫌だとは言えない。雰囲気にのまれ「うん」と頷く脩平に、祖母は「ああよかった」と安堵の笑みを浮かべる。

「それと、忘れずに鯛焼きを供えてあげてね。ほら、うめ屋さんって甘味処があるでしょう？　絶対にそこの鯛焼きじゃなきゃダメよ。お祖父ちゃんの大好物なんだから」

うめ屋の鯛焼きと聞いて、ちらり、母と視線がぶつかった。

脩平にも思うところがあったが、なにも言うなと目で訴える母の圧に負け、「……うん」と小さく頷くしかできなかった。

§

もしかしたら祖母は『軽度認知障害』というやつになってしまったのかもしれない。

そう思ったのは、祖父の四十九日を終えた翌日のことだった。引きこもりがちだった祖母が久々に散歩に出かけたと思ったら、帰宅するなり、買ってきたばかりと思われる温かい鯛焼きを仏壇の高坏《たかつき》に供えたのだ。

「うめ屋に鯛焼きを買いに行ったの。お祖父さんは、あの店がお気に入りだったから」

祖母の言葉に、家族全員が首を傾げた。脩平の記憶では、祖父は甘い物を好まない人間だったように思う。それに、うめ屋といえば、地元の甘党なら知らぬ者はいないと言われる老舗の甘味処だ。その店の鯛焼きを、祖父はいつ購入していたのだろう。

「父さんが鯛焼き好きだなんて知らなかったなあ。俺たちに隠れて食べていたのかい？」

父の軽口に、けれど祖母は「嫌ね、あなたたちに隠れて食べたりなんかしませんよ。そもそも、あの人は甘い物が苦手なんですから」と眉根に皺を寄せる。

「でも、今、うめ屋がお気に入りだったって」

「ええそうですよ。あの人はうめ屋が大好きだったんです。でも、私の手前、ずっと我慢して……。だから、せめてもの供養に、うめ屋の鯛焼きをお供えしてあげたいの」

「え……ええと、父さんは甘いものが苦手で、うめ屋の鯛焼きは甘いよね？」

「なにをバカなことを言っているの？　さあ、お前も手を合わせなさい」

父は口を真一文字に結んだ。その顔にはあからさまに困惑の色が浮かんでいた。

伴侶を亡くした悲しみから認知症が始まるのは、意外とよくある話らしい。祖母の場合は、祖父の好物について以外はしっかりしているから、きっと部分的に認知症が入る『軽度認知障害』というやつだろう。

両親は祖母に気付かれないよう、かかりつけ医に相談をした。しかし返ってきた答えは「様子を見ましょう」……つまり、現段階では何とも言えないというものだった。

そして今も、仏壇の鯛焼きと共に『様子見』が続いているのだ。

§

祖母曰く、無添加の餡子は足が早い――つまり傷みやすいので、二日に一度くらいのペースで交換してほしいらしい。そこで脩平は、月水金の学校帰りにうめ屋に行くことを提案した。これなら無理なく祖母の要望を叶えられると思ったのだ。

校門で友人と別れ、いつもと違う方向に自転車のペダルを漕ぐ。

祖母が指定する甘味処うめ屋は、脩平の高校から自転車で十分ほどの住宅街の中にあった。老舗と言うだけあって、昭和感あふれるノスタルジックな店構えをしていた。

暖簾《のれん》のかかった引き戸の入り口を入ると「いらっしゃいませ」の声が聞こえ、正面に鯛焼きを焼く中年女性の姿が見えた。名札には『店長・梅谷《うめたに》』とあるので、きっとこの女性が経営者なのだろう。

「鯛焼きひとつください」

脩平が声をかけると、女性は一瞬驚いたようにこちらを二度見したが、すぐに表情を戻し、「ありがとうございます」と柔和な笑みを浮かべた。

きっと男子高校生が鯛焼きを買いに来るなんて珍しいんだろうなあと思いながら、脩平は店の奥に目を向ける。

女性の後ろに小さなタイル張りのカウンターが見えた。更に奥には、ボックス席が四つと、座敷席がふたつ。古民家のような趣の店内は女性だらけで、どの席でもわらび餅や餡蜜を突《つつ》きながら楽しそうに歓談している。

持ち帰りカウンターから鯛焼きが入った包みを受け取り、脩平は帰路に就く。

自宅へは、うめ屋から自転車で更に五分。脩平は玄関を開けるとすぐに仏壇の前に行き、高坏の上に鯛焼きを置いた。

線香を立てておりんを鳴らし、そっと手を合わせる。朝も手を合わせたが、これは祖父への『鯛焼きを買ってきたよ』という報告である。――それにしても。

「祖父ちゃん、本当にあの店を気に入ってたのかよ」

脩平は、遺影の祖父に問いかける。

本当にうめ屋を気に入っていたのだとしたら、それはそれで別にいいのだ。お供えを鯛焼きにすることになんの異論もない。でも……もしそれが別の理由だとしたら？

「たとえば、認知症とかじゃなくて、ただの勘違いだった、とか……？」

可能性がないわけではない。けれど、本当に、何十年も連れ添った夫婦に嗜好の記憶違いなんて起こりえるのだろうか？　ならば、やはり軽度認知障害なのだろうか。

もやもやを抱えたまま鯛焼きを購入し続けた、ある日のこと。

「変なことを聞くけど、あなたの親戚に桐島《きりしま》さんっていらっしゃらない？」

不意に、うめ屋の店主が脩平に声を掛けた。

「桐島は、僕の名前ですけど……」

鯛焼きを受け取りながら答える脩平に、「ああやっぱり」と店主は答える。

「実は、うちに、あなたの写真があってね」

「え？　僕の写真ですか？」

店主は頷きかけて、「あ、間違えた。絶対に違うわね」と慌てて首を横に振った。

「あなたにそっくりな男の子の写真。でも、すごく古いものだから、きっとあなたのお父さん……いいえ、お祖父さんか誰かが写ってるんじゃないかしら」

曰く、その写真はモノクロで、裏に『桐島』『新制中学卒業』と書いてあるという。

わざわざ『新制中学』と書いてあるということは、戦後の教育改革で義務化された後に卒業したということ。脩平の父が中学を卒業する頃には写真もカラーだったというし、年代から考えても、きっと祖父の写真で間違いない。——でも、どうして。

「商売柄、お馴染みさんから記念の写真をいただくことがあるのよ。きっと、あなたのお祖父さんも、若い頃はうちのお馴染みさんで、中学を卒業する時に記念の写真を置いて行かれたんじゃないかしらね」

昔の人はそういうことをしていたのよー、と店主は朗らかに笑う。

なるほど、ようやくこれで繋がった。祖父が鯛焼きを好きだったのは大人になってからじゃない。学生の時に、うめ屋を贔屓《ひいき》にしていたのだ。

もやもやが晴れた脩平は、すぐさま母にそのことを話し、海外にいる父にはメールを打った。ふたりは「なるほど、青春時代の味だったというわけか」と大いに納得した。

祖母は軽度認知障害ではなかった。しっかりとした記憶の中で、きちんと祖父の供養をしていたのだ。

ところが。

週末、祖母の見舞いに行った母の様子がおかしくなった。「病室で、お祖母ちゃんを泣かせてしまった」と、自らも泣きそうな顔で脩平に言う。

「は？　なんかマズいことでも言ったの？」

「脩平から聞いた、お祖父ちゃんとうめ屋の関係の話をしちゃったのよ。ああもう、バカなことをしたわ。なにも知らないふりをしておけばよかった」

「どういうことだよ」

「だから、つまり……お父さんは、両親に愛されて生まれてきた子じゃなかったかもしれないってこと」

急に話が予想外の方に飛んで行った。

目をしばたたかせる脩平に、母は深呼吸するように大きく息を吐くと、「脩平は、お祖父ちゃんとお祖母ちゃんがお見合い結婚だったのは知ってるわね？」と言った。

「ああ、うん。その話は、なんとなく聞いたことがあるような気がするけど」

「昔のお見合いってね、今と違って、本人の意思じゃなく、ほぼ親が決めてしまうのよ。お祖父ちゃんとお祖母ちゃんもそうだったんだって。だから、結婚式までに顔を合わせたことは二回しかなくて、しかも、お祖父ちゃんには好きな相手がいたって」

「もしかして、その相手って」

「そう。それが、うめ屋の今の店主のお母さん」

——話が、とんでもないところに繋がってしまった。

母曰く、祖父とうめ屋の娘は両思いであったが、お互いに家の跡を取らねばならぬ身であった。ゆえに祖父は現在の妻である祖母を娶り、うめ屋の娘は腕の良かった従業員の男を婿に迎えたのだという。

「お祖母ちゃんね、泣きながら『お祖父ちゃんが生涯愛していたのは、自分ではなくうめ屋の娘さんだった』って言うのよ。それでもお祖父ちゃんは、愛してない自分をずっと妻の座に置いて優しくしてくれた。だから、せめてもの供養に、うめ屋の鯛焼きをお供えするんだって」

お見合いの後、祖母は両親から、先方——つまり祖父に見初められての見合いだと聞かされた。祖父のことはよく分からなかったけれど、望まれて嫁ぐことは、きっと幸せに違いない。そう思って結婚したのに、それはすぐに嘘なのだということに気が付いた。

祖父が子供の頃の思い出話——特にうめ屋の娘との話をする時は、見たことないほどにイキイキとしている。女の勘が働いた。祖母は「この人の本当の心は、うめ屋の娘にあるのだ」と知った。

「ねえ、どうしよう、こんなの、お父さんに言えないじゃない」

父だって歳も歳だし、もうそんなことは気にしないだろう……とは言えなかった。何十年も仲の良い夫婦だと思っていたのに、その実態は家族にも内緒の仮面夫婦だなんて、さすがの父もショックを受けるに違いない。

「……ねえ、母さん。明日、月曜日なんだけど。どうする？　鯛焼き、買いに行った方がいい？」

「そりゃ、まあ……お祖母ちゃんが、それを望んでるしねえ……」

途端に気が重くなった。

まさか、自分が買っていた鯛焼きが秘めた恋心にまつわるものだなんて思いもしなかった。

§

翌日の放課後、脩平はいつものように校門のところで友人と別れ、うめ屋へ向かった。気持ちはまだもやもやしたままだが、あまり深く考えるのは止《や》めることにした。なにせ当事者の祖父は故人となっているのだし、もしかしたらお相手のうめ屋の娘も存命ではないかもしれない。

すべては過去の話だ。ただ——それに囚われている祖母が、すこしばかり可哀そうなだけだ。

「すいません、鯛焼きひとつください」

いつものように注文する。店主は「あら、いらっしゃい。お祖父ちゃんのお供えね」と朗らかに返してくれた。

祖父が亡くなったこと、そして鯛焼きはお供えであることを、前回来た時に話していた。あの時はすべての謎が吹っ飛んだと思った気楽さで、ついでに祖母が入院中であることと、脩平が来るまでは祖母が買いに来ていたことまで話してしまっていた。今となっては、そんな話をしたことに後ろめたさと罪悪感しかない。

さっさと鯛焼きを受け取って、さっさと帰ってしまおう。脩平が思った瞬間、急に店主は後ろに首を向けた。そして。

「お母さーん。桐島さんがいらっしゃったわよー」

思わず脩平は目を見開いた。

店主が視線を向けたタイル張りのカウンターには、白い割烹着を身に着けた老齢の女性が座っていた。

「あら、この子が春《はる》ちゃんのお孫さん？　本当に春ちゃんの若い頃にそっくりだこと」

脩平は言葉が出なかった。

春ちゃんとは祖父『春義《はるよし》』の呼び名であり、つまり祖父の思い人は――いまだ存命であったのだ。

「ようこそいらっしゃいました。梅谷鈴子《すずこ》と言います。お会いできて嬉しいわ」

うふふ、と女性は笑った。かなりの高齢ではあるが、商売柄か、そこはかとなくチャーミングな印象を受ける女性だ。きっと若い頃は、店の看板娘であったに違いない。

「あの後、母に桐島さんの写真について聞いたの。そしたら幼馴染だったんですって。それで今日は、あなたに会うために、五年ぶりに店に立ったのよ」

店主は言う。女性は、脩平に会うのを楽しみにしていたのだという。

「すこし、お話をさせていただいてもいいかしら？」

さすがに、老齢の女性の頼みを嫌だとは言えない。脩平は「はい」と返事をすると、促されるまま、女性の隣に腰を下ろした。

カウンターの前には、脩平と女性のふたりきり。カウンターに貼られたレトロなタイルが、ひやりと冷たく脩平の緊張を煽る。

鈴子はなにを話そうとしているのだろうか。すると、鈴子は急に、「ごめんなさいね」と頭を下げた。

「春ちゃんが亡くなっていたなんて知らなかったの。幼馴染だっていうのにお葬式にも伺わないなんて、本当に不義理なことをしてしまったわ」

「いいえ、そんな……。あのぅ、本当に祖父と幼馴染だったんですか？」

「ええそうよ。父親同士が囲碁仲間でね。……もっとも、お互いの結婚で、顔を合わせることもすっかりなくなってしまったのだけど」

つまりそれは、祖母の言っていたアレがあアでこうなったということなのだろう。

多少の気まずさを覚えながらも、脩平は「へえ、そうだったんですか」と、なにも知らないふりをする。すると鈴子は、「百合子《ゆりこ》さん……春ちゃんの奥さんが、うちに鯛焼きを買いに来てくださっていたこと知らなかったのよ。近くに住んでいるのに、私ったら、本当にダメねえ」と、大きく嘆息する。

「あの、鈴子さんは、うちの祖母に会ったことがあるんですか？」

「ちょっとだけね。直接お話をしたことはないけど。そういえば、遠くから嫁入り道中を見させてもらったわ。白無垢姿が奇麗でねえ。『この人が春ちゃんのお嫁さんになるんだわ』って、なんだか不思議な気持ちになったものよ」

懐かしそうに話す鈴子を、脩平はじっと見つめる。鈴子が言った不思議な気持ちとは、きっと嫉妬のことだろう。もしかしたら、鈴子も祖母のように泣くのではないかと思った。それとも、もう昔のことだからと、あえて感情を表にしないだけなのか。

「その時にはもう、祖父と鈴子さんは会っていなかったんですか？」

「ええ、そうよ。私も結婚することが決まっていたしね。……今になってみれば、お互いに避けて暮らすなんて、バカみたいなことをしたと思うけど」

「それはきっと、祖父もそう思っているのではないかと」

「そうね、春ちゃんも私と同じように思ってくれているのなら嬉しいわね。それにしても、春ちゃんは本当に残念だったわねえ。せっかく『初恋の人』と結ばれたんだから、もっと長生きすればよかったのに」

――ん？

一瞬、脩平は自分の思考にバグが発生したような錯覚に襲われた。

聞き間違いでないとするならば、祖父が初恋の人と結ばれたというのは、一体どういうことなんだ？

「あの……祖父の初恋の人というのは……？」

「もちろん百合子さんのことよ」

「え！」

まさに青天の霹靂《へきれき》だ。驚く脩平に、鈴子は「あら、知らなかったの？」と笑う。

「それも春ちゃんの一目惚れっていうんだから、すごいわよねえ」

「ちょっと待ってください！　その話、詳しく聞かせてください！」

思わず前のめりになる脩平に、鈴子は「あらあら、こんな話を聞きたがるなんて、さすが思春期ねえ」といらぬ勘違いをする。

「百合子さんから聞いてないかしら？　女学生時代、百合子さんはうちに鯛焼きを食べに来たことがあるのよ。その時、たまたまお使いで来ていた春ちゃんが、百合子さんに一目惚れしたの」

鈴子曰く、当時の女学生にとって学校帰りの買い食いは不良娘のすることだ。だから、真面目な祖母がうめ屋に来たのは一度だけ。緊張しながら鯛焼きを頬張るセーラー服姿の祖母は、それはそれは可愛らしかったという。

「それで春ちゃんは、私に『あの娘がどこの誰なのか調べろ。同じ女学生だから分かるだろ』って言ったの。そんなこと言ったって、違う学校なんだから分かるわけないじゃない。それでもまあ、他でもない春ちゃんの頼みだから、どうにか調べ上げたのよ。こういう家業だし、まったく伝手《つて》がないわけじゃないもの」

「それで、祖母がどこの誰か分かったんですね？」

「ええそうよ。隣町に住むお嬢さん。あの時の春ちゃんは、本当に大喜びでねえ。ちょうどお父さんの囲碁仲間にお仲人を趣味にしている人がいたから、その人に『おとなになったら、あの娘と見合いができるようにしてほしい』って頼んだくらいよ」

まだ中学生の時よ、と鈴子は笑う。

そして、祖父母はお見合い結婚した。つまり、祖母にとっては『二回会っただけの人と結婚』でも、祖父にとっては『何年もかけて念入りに準備した念願の結婚』であり、見合い後に言われた『見初められて』というのも嘘ではなく、うめ屋の話でイキイキするのも当然のことだったというわけだ。

「私と春ちゃんが会うのは、そこで終了。百合子さんに変な誤解をされたくなかったんですって。今の子には信じられないでしょうけど、昔の年頃の男女ってそういうものだったのよ。私も、亭主になる人に誤解されたくなかったし」

「……実を言うと……うちの祖母は、今でも誤解してます。祖父が好きなのは鈴子さんだって」

「ええ！　なんですって！」

突然大声を張り上げた鈴子に、鯛焼き器の前の店主が「お母さん、自分の歳を考えて。血管が切れるわよ」と驚いたように声を掛ける。

「それじゃあ鈴子さんは、今でも親が決めた結婚だと思っているのね？　ああもう冗談じゃないわ。春ちゃんったら死ぬまで一体なにをしてたのかしら。まったく、だから昔の男はダメなのよ。女は察してくれるものだと思い込んでるんだから」

ぶつぶつ言う鈴子を、脩平は呆然と見つめる。

とにもかくにも、ふたりは夫婦としてちゃんと愛し合っていたわけで、それにもかかわらず、無意味な両片思いをしていたということだ。

鈴子は、はあ……と呆れたように嘆息すると、「いいわ、お香典代わりに、私が百合子さんに説明するわ」と言った。

「まったく、手のかかる幼馴染ねえ。死んでからまで私に恋の橋渡しをさせようとするんだから」

思わず脩平は吹き出した。

鈴子は、近日中に、鯛焼きを持って祖母の見舞いに行くという。

きっと祖母は驚くに違いない。

そして、その時、ようやく祖父母の両片思いは終わりを告げるのだ。

# お帰り、こたつ

杉背よい

入江《いりえ》家の居間には、初夏から真夏以外はこたつが設置されていた。新緑の季節が過ぎるころ、ようやくこたつ布団が外され、夏だけ登場する折り畳み式のテーブルに代わった。

「いつもこんなちっちゃな卓上で何もかもやっていたんだっけ？」

入江若菜《わかな》は、こたつが片付けられるとテーブルの大きさ、卓上面の広さに毎年感心してしまう。このテーブルに比べて、よくあの小さなこたつの上で鍋だの鉄板焼きだのをやったものだと思う。

「あんた毎年そんなこと言ってない？」

姉の春妃《はるき》が、おっとりとした口調で言う。「言ってるかも」と若菜が答えると、

「あんたが一番、こたつに入り浸ってるもんね。その上で課題やったり、居眠りしたり」

春妃はからかっているが、のんびりしたトーンのため角が立たないのが憎らしい。

「お姉ちゃんだってメイクもごはんも全部ここでやってたでしょ」

居心地良いからねぇ、と悪びれる様子もなく春妃は言う。ほどなく、母親の夏子《なつこ》が朝食を運んできて、それぞれ忙しい朝食になる。父親の貞夫《さだお》は一足先に朝食を終えて出勤している。夏子と春妃は出社準備をしながらコーヒーを慌ただしく飲み、若菜は大学の始業時間を確かめながら、二人に比べてゆっくりとトーストを食べる。

春妃と夏子が玄関に向かいながら、「今日何曜日だっけ」と話している。若菜は髪を

整えながら「火曜日でしょ」と答える。

「あーあー、了解。オッケー。サスペンスの日か。また夜ね」

春妃と夏子が家を出て行くと、若菜は食器を洗って最後に鍵を閉める。これが入江家の平均的な朝の光景だった。

——こたつ、また秋にね。

若菜は心の中でこたつに別れを告げた。どうせすぐ、こたつの季節はやってくる。

入江家は四人家族である。市役所に勤める穏やかで無口な父。栄養士として働く、恐らく家族の中で一番バイタリティのある母。ゆったりした雰囲気をまとったデザイン会社勤務の長女、春妃。そして大学生で、一番堅実だと自負している次女の若菜。四人は、そこそこ築年数の古い一戸建ての家で暮らしている。

夜、一番先に戻ってきた若菜は夕飯の下準備を始める。平日は若菜か夏子が家族の中でも早く帰って来るため、どちらかが夕食を作る。若菜の時は炒め物やカレーが多い。次に帰って来るのは貞夫、春妃は勤務先が遠いせいもあり大抵最後だ。

「ただいまー。はい、お土産」

春妃は会社帰りによくお土産を買ってくる。「ありがとう」と受け取りながら、確かめなくても中身はわかっている。デパートや駅構内で売られているプリンだ。

「たまには堅めのプリン買って来てくれると嬉しいなぁ」

若菜は冷蔵庫にプリンをしまいながら、さりげなくリクエストする。春妃は平日の夕食を作れないから、と気を遣う割には自分の好みを曲げない。

「気が向いたらね。私は断然やわらかプリン派だから」

春妃は、手を洗いながらのんびりと答える。このプリン論争は、若菜と春妃の間でよく繰り返される。若菜は卵の味が濃厚な、堅めのプリンが好きだ。お皿に伏せてもびくともしない、スプーンを入れても全体が崩れない、レトロな雰囲気のプリン。対して春妃は、とろとろとしてやわらかく、スプーンですくうのがやっとの喉越しがいいプリンが一番、これは譲れないと主張する。言い合う姉妹を尻目に、母の夏子は「お母さんはスーパーで売ってる、三個パックのプリンが一番おいしいと思うけどね」などと意見してくる。父の貞夫は、娘たちのやり取りをただニコニコと見守っている。貞夫がどういったプリンが好きなのかは謎のままである。夕食の後に一人でプリンも静かに食べて、「おやすみ」と自分の部屋に引き上げてしまうのが慣例だった。

春妃の夕食が終わり、その日の当番が食器洗いを終えると、誰からともなくこたつ、もしくはテーブルに集まってくる。

「ねぇ、始まるよ」

大抵は一番先に若菜がコーヒーか紅茶、または日本茶を用意してスタンバイしている。そこに夏子が加わり、最後に恭《うやうや》しくプリンを持って春妃がやってくる。

「すぐ始まんないでしょ。ＣＭとかあるし」

若菜は春妃と夏子と一緒に毎日何かのドラマを見た。月曜日は恋愛ドラマ、火曜日はサスペンス、水曜日はヒューマンドラマ、木曜日はお仕事モノ、金曜日はホームコメディ。土曜日、日曜日は外出の予定があるので基本、お休みである。

「はい、じゃあ配給」

春妃がプリンを配り、全員が「いただきます」と言うまでが一連の儀式だった。

ドラマはクールが変わるたびに、若菜と春妃がタイトルを選んで全員で初回を見る。三人全員がハマって見続けるものもあれば、誰かが脱落していき一人だけが見るものもある。若菜は病院を舞台にした「医療モノ」や弁護士、警察官などその仕事の特色がわかるスカッとしたドラマが好きで、春妃は「恋愛モノ」を基本好み、夏子はサスペンスが好きだった。三人それぞれ好きな俳優のタイプも違った。

プリンを食べながら、ドラマを見つつ、誰一人口を閉じようとはしない。

「こういう女子、いるよね〜。うちの会社にもいるわ」

春妃は恋愛ドラマではなくても、女子に対する言及が多い。その一方で、サスペンス好きな夏子は犯人の推測や考察を言わずにはおれない。

「たぶんこの人が犯人じゃない？　大御所《おおごしょ》だし」

若菜は、制作サイドになったつもりで、頭の中で独自のキャスティングを始めがちである。

「あー、こういうサイコパス役、この人にぴったりだよね」

要所要所で勝手なツッコミを入れるため、肝心の部分を聞き逃してしまい、それが春妃の贔屓《ひいき》の俳優の見せ場だったため大喧嘩になったこともある。しかしそのときも、

「誰一人黙ってられないんだから！」

呆れて夏子が大声を出し、「お母さんの声が一番大きい！」と春妃と若菜が笑って場が収まった。喧嘩はしても、結局は集まって話したい若菜たちだった。

「若菜、サークルの飲み会とかないの？　毎晩必ず家にいてさ」

「お姉ちゃんこそ、デートの予定ないわけ？」

春妃は「そんな暇があったら家でダラダラしたい」と言いながら、実際ごろんとその場に横たわる。余裕の春妃に比べて、若菜は先程の言葉が少し引っかかっていた。

――確かに三人で何かしら言い合いながら見るドラマはすごく楽しいけど、大学生でこの過ごし方って寂しいのかもしれないな。

テレビに文句を言ったり、プリン論争をしたりする日常に馴染みすぎて、このままで

はいけないのかもしれないとも思う。いつまでも友達と夜遊びもせずに家族でわいわい言っている自分を俯瞰《ふかん》で見て、これってどうなの、と焦る気持ちもあるのだ。

「じゃあさ、このドラマの犯人当てた人に何でも好きなプリン奢る！」

若菜の気持ちも知らず、春妃が呑気《のんき》な提案をする。

「え？　堅いプリンでもいいの？」

あっさりとプリンにつられると、「堅さもお店も値段も不問！」と春妃が言い放つ。

「ただしプリンに限るけどね」と春妃は釘を刺した。

「よーし！」と夏子も若菜も張り切って予想した。春妃も「やわらかプリン派」の代表の名を賭けて推理に加わった。夏子は自信たっぷりだったが、結局全員の予想が外れた。

翌日、夏子は「落とし前をつける」と言って、スーパーの三個パック入りプリンを買ってきた。

「悔しいなぁ」と言いながら、プリンを平らげる夏子を、若菜と春妃は笑いながら見ていた。母親の夏子も含めて、三姉妹のようだと若菜はよく思った。笑いが小さくなってくるころ、胸にかすかな違和感を覚える。まただ、と若菜は考える。

――すごく楽しいのに、このままじゃいけないような、あの感じだ。

考えを掘り下げようとしてやめ、若菜は残りのプリンに集中した。カラメルの味が、いつもよりほろ苦く感じた。

「春妃、これ見終わったらさっさとお風呂入りなさいよ！」

夏子が忠告すると、春妃は面倒くさそうに頷く。

「お母さんと若菜はもう入っちゃったもんね」

風呂に入る順番でも毎日何かしらひと悶着《もんちゃく》あった。一番が貞夫なのは確定しているが、春妃がダラダラしてなかなか入ろうとしないか、逆にドラマの時間に合わせて三人がぶつかり合ったりした。

「何で昨日はダラダラしてたのに、今日に限って早風呂なの！」

「あんたこそいつも早いんだから、たまには譲りなさいよ」

言い合いをする若菜と春妃より一足先に入浴を終えた夏子が、髪を乾かしながら笑っていた。

「春妃も若菜もホント、計画性ないわねぇ」

自分だってついさっきお風呂を出たくせに、と思いながらも若菜は不貞腐《ふてくさ》れていた。

そんな日々を繰り返すうちに、季節は廻り、入江家には再びこたつが設置された。

「お帰り、こたつー！」

干されたばかりのこたつ布団に顔を埋め、若菜は懐かしい匂いを吸い込んだ。

「また今日からこたつ生活が始まるんだね」

自分でも驚くほど弾んだ声が出て驚いた。夏子は微笑む。

「まだお鍋の時期には早いけど……ああ、こたつっていいけど、あんたたちが入り浸るから部屋が掃除しにくくなるのよね」

あんたたち、と呼ばれたが、そこには春妃の姿がなかった。秋口を過ぎた頃から、春妃は仕事が忙しくなり、家で夕食を食べる日も週に二日ほどとなった。

「ドラマ、録画しとくよ」

若菜は春妃が好きそうなドラマを録画したが、視聴されていないドラマがどんどん溜まっていった。

「今度の休みにまとめて見るね。ありがと」

春妃は嬉しそうにお礼を言っていたが、明らかに以前より疲れた顔をしていた。夜遅く帰ってきて、睡眠時間も減っているのだろう。夏子も心配しているようだったが、直接口にすることはためらわれた。

「プリン、なかなか買って来られなくてごめんね。お店も閉まっちゃってて」

申し訳なさそうな春妃に、「たまのご褒美《ほうび》ぐらいでちょうどいいよ」と若菜は返答した。

内心は落ち着かなかった。謝る必要なんて何もないのに――そう思いながら、うまい言葉もかけられない自分がもどかしかった。

若菜は一人で過ごす不安を紛らわせるため、自分もアルバイトを始めた。以前から好きだったカフェでたまたま見つけた求人に応募したら、採用されたのだ。

カフェではコーヒーの淹れ方を習い、接客の仕方を教えてもらった。やりがいのある仕事だった。夜にもシフトを入れてもらう回数を増やし、やはり家で夕食を食べることが週二日ほどに減った。春妃とはすれ違いの日々が続く。

「プリンも太っちゃうから週に一回、週末のお楽しみね」

春妃は週末にプリンを買ってきて、土日のどちらかに食べるようになった。その日だけは以前と同じ、こたつに三人が集まって取り留めのないことを話しながら食べた。若菜はやわらかなプリンをスプーンですくいながら、ふと手を止めた。

――プリン、毎日食べていたはずなのにずいぶん久しぶりになっちゃったな。

「週末のスイーツ、って何だか特別な感じでいいわね」

夏子が嬉しそうに言い、若菜も無理に笑顔を作った。春妃は黙っていた。

だが、週末のプリンもほどなく立ち消えになった。若菜はアルバイトで週末出勤を求められるようになり、春妃は疲れて寝ているか、どこかに出かけたりしていた。

アルバイト先で若菜は忙しく立ち働いていた。何も考える余裕もなく日々が過ぎていく、そのことだけは頭の片隅にあった。


それから半年余りが経った。春先だったがまだ寒い日もあり、入江家には相変わらずこたつが設置されていた。シフトの入っていない若菜は久しぶりにこたつに入り、温まっていた。そこへ、やはり珍しく帰宅時間の早い春妃がやってきてこたつに入った。

「ああ、こうやって誰かとこたつで話すの久しぶりかも」

やけに素直な春妃の言葉に若菜は驚いて顔を見る。こんなに近い距離で春妃の顔をまじまじと見るのも久しぶりだった。その顔は、一時期のように疲れ切ってはいなかった。

「こたつには入ってたんだけどね。だぁれもいないの」

「ああ、うん。私も……」

若菜も大きく頷いた。バイトの帰り、こたつで一人遅い夕食を食べたりしていた。

「ちょうどうまく時間が合わないんだよね。前はあんなに一緒だったのにね」

春妃がぽつんと言う。若菜もぼんやりと感じてはいた。何か答えようとしてためらっていると、春妃がふわふわした口調でつぶやいた。

「結婚しようと思うんだ」

余りにも突然の言葉に、驚きの声も出ず、若菜は「ドラマか」と内心でツッコんでいた。

「……何かこれ、ドラマのワンシーンみたいじゃん」

おめでとう、の言葉や、相手のことを聞くべきなのに、頭が真っ白になって冗談めかした言い方をしてしまった。春妃はいつもに似ず、神妙な顔つきをしている。

「私もそう思う。あんまり現実って気がしない」

そう言って春妃が笑い、やっと思考が追い付いてきた。

「何言ってんの！　現実でしょ、おめでとう！」

落ち着かない気持ちになりながらも、春妃を尊敬していた。遅れたがお祝いの言葉も言えた。この、ふわふわして現実離れした雰囲気の姉が、いつの間にか誰よりも現実を生きていたのだ。少し見直し、少し取り残されたような気持ちがした。


さらに三ヶ月後、あっけなく春妃が出ていく日が来た。春妃は結婚相手と新居を借り、荷物をすでに運び込んでいた。若菜はパーティーをするか、皆で外食をするか、様々に考えたが、普通にみんなでドラマを見ながらプリンを食べることに決めた。

最後ぐらい、と若菜が買ってきたのだが、何だか気張ってプリンアラモードを選んでしまった。肝心のプリンは堅めで、春妃は「ちょっと〜」と笑いながら文句を言った。

「最後なんだからやわらかいのにしてよ。主役、私だよ！」

若菜は寂しさを紛らわせるため、わざと春妃のプリンに自分のスプーンを挿し入れた。

「そんなこと言うならフルーツ全部ちょうだい！」

最後に変にしみじみして別れたくなかった。騒いでぶつかって誤魔化そうとする自分がひどく子供じみて思えた。「最後」という言葉も、極力使いたくない。

「今までありがとね」

春妃が言う。その一言で一気に別れの雰囲気が増した。

「今生《こんじょう》の別れでもないのに」と若菜は心の中で毒づいた。


春妃が家を出て、貞夫と夏子と若菜の三人になり、またこたつの季節が巡ってきた。以前ほどわくわくしなくなった。「ああ、もうこたつの季節なのか」と一瞥する程度だった。

大学最後の年になり、若菜は就活を始めていた。アルバイト先のカフェから引き止められ、合間にバイトも続けていたが、早く帰れる日はこたつで夏子とドラマを見た。夏子と二人でああだこうだと言い合いながら見ているのは楽しかったが、誰よりも熱心に恋愛ドラマを見る人が家の中にいなくなった。それに、文句を言う声が一つ少なくなった。

「忙しくやってるみたいよ」

スマホに届いたメッセージを読みながら、夏子がさり気なく言った。

電車で一時間もあれば新居に行ける。しかし春妃は思った以上に実家に帰ってこなかった。

「実家」なんて奇妙な言葉だ、と若菜は考える。家を出た途端に「実家」ができる。しかしそんな「実家」にいるはずの若菜は、いつも心のどこかに隙間があるように落ち着かなかった。

「案外お姉ちゃん冷たいんだね」

若菜がこぼすと、夏子は穏やかにたしなめた。

「しばらくは新しい家でやることがいろいろあるんでしょ。仕事もしてるしね」

「そんなもんか」と若菜はこたつの卓上に顎を乗せた。


春妃が家を出て四ヶ月後、父の貞夫が心不全で突然亡くなった。職場で倒れて救急搬送されたのだ。

報《しら》せを聞いて夏子、若菜は病院に駆けつけた。少し遅れて春妃もやってきた。三人が揃うと間もなく貞夫は息を引き取ってしまい、そこから考える暇もなく葬儀に追われた。三人ともぼーっとしたまま、心ここにあらずの状態で貞夫を見送った。春妃は何日か泊まって行ったが、「こんな形で戻って来たくなかった」と夜になってから泣いていた。夏子もこらえきれずに涙を拭っていたが、若菜は何故か泣けなかった。三人集まっていても皆、口数が少なく、家の中の風景が違って見えた。告別式が終わり、落ち着くと春妃は夫と家に戻って行った。入江家は夏子と若菜、とうとう二人きりになった。

若菜の就活はなかなかうまく行かなかった。面接まで進めても内定をもらえず、何度となく傷ついた。周囲の友人たちが着々と就職先を決める中、結構しっかりしていると自負していた若菜は焦りを感じていた。春妃が普通に働いているように見えたのは、すごいことだったのだ、とやっとわかった。春妃は美大に在学している間、就活をしていたはずだが、あまり覚えていない。自分のように明らかに落ち込んだり、夏子に励まされたりはしていなかった。そんなことにも気付かなかったんだ、と若菜は呆然とした。

一日働いて、帰りに買ってきてくれたプリンも、春妃がお金を稼いで持ち帰ってくれたものだったのだ。同じように父も母も苦労を見せずに、毎日笑顔で接してくれていたのだ。急激に周囲の大人たちの行いが鮮明に見え始め、同時にいかに自分が幼いかを思い知らされた。なくならないとわからないなんて愚かなことだ、と思いながらどうにかして前に進みたい、進むしかないと新たな会社に挑み続けた。こたつの上でノートパソコンを広げて、「こんなにゆったりしてたっけ」と感慨にふける。四人家族だったときは、手狭だったはずなのに。

夏子と若菜は一緒に夕食を食べるが、その後はそれぞれの部屋に行くようになった。本当は夏子と話をしたかったが、夕食後の時間も就活のために充てた。夏子が席を外したこたつの上で作業をしていると孤独を感じるので、夜遅くまで自室にこもり、会社研究をしていた。ゴールが見える気がしない。多くの人が通る道が、こんなに大変なものだとは思わなかった。

その夜も夜更かしをして、深夜にトイレに行こうとした若菜は、ふとこたつがある部屋の電気が点けっぱなしであることに気付いた。

——あれ、私、消し忘れたっけ？

引き戸を開けると、こたつに貞夫が座っていた。「お父さん」と、思わず声をかけると、貞夫はひっそりと微笑んだ。ああそうだ、これは機嫌のいい時のお父さんの笑い方だ。

さらに声をかけようとした次の瞬間、そこには誰もいないことに気付く。

「何で……見間違い？」

力なくつぶやく。確かに貞夫がいて、笑いかけてくれた。何故幻なんて見るんだろう。きっと自分は寝ぼけているんだ。そう思いながら、誰もいないこたつに身を沈める。

こたつの中は、しんとして暗かった。ずいぶん長い時間をここで過ごしたんだな、お父さんがいて、皆がいて。そう思い返したらどっと感情が溢れた。

——ああ、もうお姉ちゃんもこの家にいなくて、あの三人でプリン食べてあーだこーだ言っていた時間は戻ってこないんだ。お父さんが呆れたようにそのそばを通過していった瞬間も。お父さんの、何も言わなくても、いつも見守っていてくれたまなざしも。

あの時、どうでもいいと思ってたことが、実はかけがえないものってやつだったんだと思うと、急に涙が出た。誰もいない部屋のこたつの中で、わんわん泣いた。春妃が家にいた時は、自分はしっかり者だと思っていた。泣くなんてキャラじゃないと思っていたのに、今は号泣している。思ったよりも弱かった自分に、肩の荷が下りたような気もして泣き続けた。格好が悪くて誰にも見せられないが、心地のいい涙だった。

すっきり泣き止んだ若菜は、夜中だったが春妃にメッセージを送ってみた。

「たまには家に泊まりに来なよ、やわらかいプリン買っとくから」

送信すると、春妃からすぐに返信がある。その速さにたじろいだ。

「今、連絡しようかと思ってたとこ」

そうだったのか、と思い、返信を打ち込んでいると、

「妊娠した。里帰り出産しようかと思うから。そのときは、しばらくよろしく」

連続して春妃の返信が届く。若菜はのけぞるほど驚き、しばらく絶句する。

――まったく、いつも突然なんだから。

「これからプリンは二つ食べようかな」

続けて来た春妃の返信に、若菜はにんまりする。嬉しくてまた泣き出しそうだったが、涙をこらえると、「調子に乗って食べ過ぎないように」と送った。春妃が帰って来るならしっかり者でいるしかない、と考える若菜の顔には笑みが浮かんでいる。

返信した若菜が部屋に帰ろうとすると、こたつでスプーンをくわえている春妃の姿が目に浮かんで消えた。あれは、過去の春妃か近い将来の春妃なのかもしれない。

「お母さんに伝えるのは……明日の朝でいいか」

小さくつぶやくと、軽い足取りで若菜は自室に戻っていった。電気が消された部屋には、こたつがこれまでと同じように変わらず、そこにあった。

# きっさこロールケーキ

国沢裕

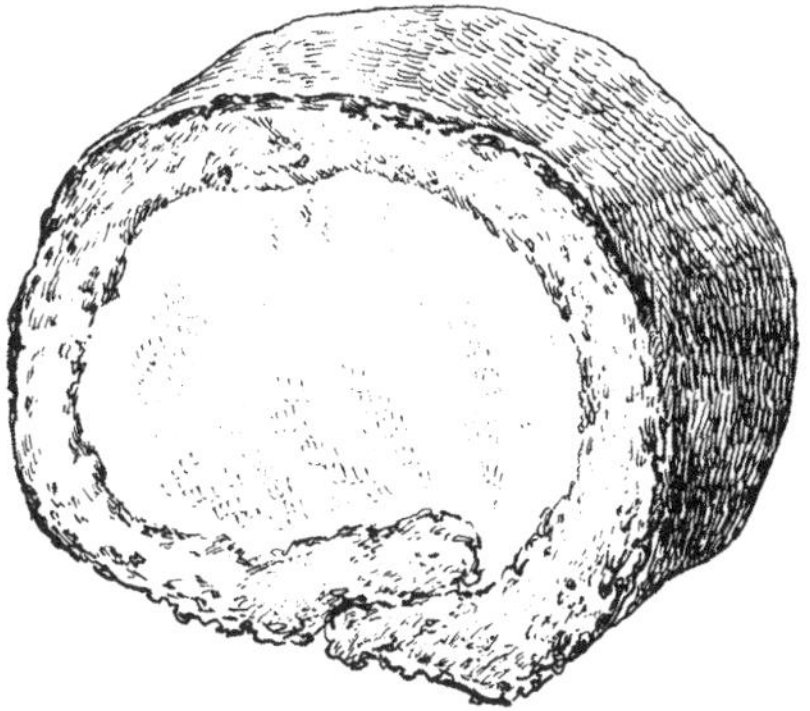

桐島彩花《きりしまあやか》は、昔からスイーツが大好きだ。だが、時間をかけて試行錯誤して、自分好みのスイーツを作る気は、さらさらない。パティシエに敬意を払いながら、食べたいと思ったときに、好みのスイーツを食べたいと思っている。

そんな彩花だが、とくにロールケーキには、深いこだわりがある。

あれは、小学五年生のころだった。彩花の住む住宅街の近くに、茶道を教えている教室があり、お弟子さんや生徒さんらしい和服の人々が、よく出入りしていた。

小学生だった彩花は、茶道というものを詳しく知らない。だが、そこは格式が高い家であり集まりであると、うすうす感じていた。ふたつ離れた妹の百花《ももか》と彩花は、母親からも、そのお屋敷のそばで遊んだらだめだと、きつく言い渡されていた。

母親にふくれっ面を見せて、彩花は抵抗する。

「でも、あそこの道は、車が通らないんだもん。ほかのところで遊ぶより、安全だもん」

「そんなことを言ってもだめ。先方の家に迷惑でしょう！」

母親は、怖い顔をしてみせた。しぶしぶ、彩花はうなずく。だが、彩花はどうしても、そのお屋敷の門が見える路地で遊びたい理由《わけ》があった。

そのお屋敷には、高校生の男の子がいたからだ。成績がよく物腰もやわらかく、近所でも評判の息子だった。サラサラとした黒髪が、彼の整った顔立ちを、さわやかに縁取る。時折見かける和服の彼は、格調高いお屋敷の雰囲気に似合っていた。

彼の姿を見かけるだけで、その日は彩花にとって、とても素敵な一日になった。

誰にも言えない、彩花の初恋だ。


たしか、夏が近づく、蒸し暑い日だった。お気に入りだった半袖のパステルブルーのワンピースを着た彩花は、その日、ひとりで留守番をしていた。

母親と百花が出かけており、遊び相手もいなくて、彩花は退屈していた。母に禁止されている路地に、こっそり遊びにでる。転がっていた小石を見つけて、飛びすぎないように蹴ってみた。しゃがんで、地面に落ちているものを見つめてみる。

そんな彩花に、声がかけられた。

「ねえ。きみは、近くに住む桐島さんちの子だよね？　今日はひとりかい？」

耳に心地よい、低めのやさしい声だった。パッと顔をあげると、憧れの彼が、はにかむような笑みを彩花へ向けている。細身の体に、半袖の制服姿が妙にまぶしく見えて、彩花は無意識に眼を細めた。

だが、その彼の後ろに、暑い中でもきりりと帯を締めた、和服が似合う女性が立っていることに気がつく。茶道を教えているという、彼の母親だった。彼とそっくりで整った美しい顔を彩花に向けていたが、その目は怖いほど鋭く感じられた。

——あ、ここで遊んでいるのが、きっと邪魔だったんだ。怒られるんだ！

そう考えて、彩花は身をかたくした。

だが、そんな彩花に、彼はほほえみを向けたまま続ける。

「いま、時間はあるかな？ 家《うち》にきてほしいんだけれど」

家に連れていかれたうえで、怒られるのか？

ますます怯えた彩花に、彼は苦笑する。そして、振り返ると、母親に確認するように小首をかしげた。にこりともせずに母親は、小さくうなずく。

彼は、彩花に向き直ると、少し腰をかがめて、目の高さを合わせた。

「ここで遊んでいることを怒ったり叱ったりしないよ。家にきて、きみにぜひ、お茶を楽しんでもらいたいんだ」

「——お茶？」

茶道の作法なんて知らない小学生を、どうしてわざわざ家に呼ぶのだろう？

困惑した彩花に向って、彼は顔の前で両手を合わせると、そっとささやいた。

「一緒に、甘いお菓子を出すから。ね、頼むよ。このとおり」

ときどき遠目で見かけるだけだった、憧れの彼からのお願いだった。彩花に、断れるわけがない。黙ったまま、彩花は急いでうなずく。

その彩花の様子に、彼の母は無表情で言い放った。

「匡《ただす》。その子で構わないけれど、よけいなことは言わなくていいからね」

ひんやりとした母親の眼光に射竦《いすく》められながらも、彩花は、そのときはじめて、匡という彼の名前を知った。


恐々《こわごわ》と門をくぐり、案内されるままに長い廊下を歩く。おそらくお弟子さんや生徒さんと、お茶の教室をしているであろう、四畳半の茶室に通された。

白いふすまと白い壁。とくに模様のない部屋で彩花の興味をひいたのは、床の間の掛け軸と、真ん中の半分の畳に、切り取られたような小さなふたがあることだろうか。

部屋の中は、彩花と彼と、その母親の、三人だけだった。

茶道の家だ。彩花は、てっきり苦い抹茶と和菓子が出るものと思っていた。だが、彼が一度席を立つと、ほどなく盆を持って戻ってきた。そして、正座した彩花の目の前に出されたものは、湯飲みに注がれた日本茶と、洋菓子だった。

たっぷりの純白クリームが、濃い黄色のスポンジで巻かれている。

彩花の目は、ロールケーキに釘付けになった。両親が買ってきてくれるロールケーキでも、中のクリームは少なくて、こんなに大きく切ってくれたことはなかった。

「どうぞ」

ケーキを見つめて固まっていた彩花を、母親が促した。

急いで彩花は、ロールケーキが載った丸皿へ手を伸ばす。添えられていた細身のフォークでスポンジを切り、たっぷりのクリームを載せて、口へ運んだ。

「──おいしい！」

パッと目を見開き、思わず声がでる。それほど、そのロールケーキは、彩花がこれまで食べたことがないくらいに美味だった。真っ白で上品な甘さのクリームと、風味豊かな卵黄の生地が、絶妙なバランスでまじりあう。まったりとした甘すぎないクリームが舌の上ですうっと溶けていく。すべてが彩花の好みだ。

このようなロールケーキが、この世の中に存在していたのか。

憧れの彼が見ていることも忘れて、彩花はロールケーキを無心にほおばった。


やがて、食べ終えた彩花は、名残り惜しそうにケーキ皿を見つめてから顔をあげる。

そして、ほほえましく彩花を眺める匡と、無表情で彼女の一挙一動を見つめる母親の視線に気づいた。ドキリとした彩花は、母親の冷淡な態度に焦りを覚えた。作法ができていなかったせいだろうか。よほど食べ方がひどかったのか。思い当たることが多過ぎた。

居心地が悪くなり、そわそわとあちらこちらに視線を向ける。

ふと、彩花の目が、床の間の掛け軸にとまった。

そこには、喫茶去、という漢字が書かれている。

彩花の視線に気づいた匡も、床の間に目を向けた。

「ああ、あの掛け軸に書かれている言葉が、なんて読むのか気になるのかい？」

彩花は、こっくりとうなずく。

すると、彼の母親が、ゆっくりと掛け軸へ顔を向けた。じっとその文字を見つめたあと、母親は彩花のほうへ顔を戻す。そして、ため息まじりに口にした。

「あの言葉は、きっさこ、と読むのです」

その取りつく島のない母親の様子から、小学生の彩花は、言葉の意味を聞き返すことができなかった。

「いいな、いいなあ！　おねえちゃんだけ、ずるい！」

妹の百花は、彩花がお屋敷でお茶をごちそうになったことを聞くと、地団駄《じだんだ》踏んでうらやましがった。キッチンから、母親が大声で叱る。

「わかったから。またケーキを買ってきてあげるから、百花、狭い部屋で暴れない！」

「ぜったいよ！　わたしのケーキ、おっきいのにしてよ！」

その日の夜は、早く帰宅していた父親が夕食を待つあいだ、ビールの缶を片手に上機嫌だ。母親と百花の会話を気にもとめずに、和室に置かれたテーブルに身を乗りだすようにして、バラエティ番組を眺めている。

彩花はどうしても、含みのあるような言い方をされた、あの言葉が気になっていた。

「ねえ、おとうさん。おとうさんは、喫茶去って言葉を、知ってる？」

「ん？　きっさこ？」

聞き返した父親は、すぐに携帯を取りだすと、慣れた手つきでネットの検索をする。

やがて、目当てのものを見つけたのか、ざっくり目を通してから、彩花に説明した。

「ああ、喫茶去って言葉は禅語であるね。本来の意味は、お茶でも飲んで去れ、かな？　まあ、簡単に言うと、お茶を飲んでから出直してこいって叱咤《しった》する言葉みたいだな」

叱咤する言葉と聞いて、彩花は頭の中が真っ白になった。ほろ酔い加減の父親から向けられた携帯の画面でも、そのように書かれている。

そうか。あのため息まじりの喫茶去は、自分に向けて発せられた言葉だったのか。

あのお屋敷の母親に、自分は気に入られなかったんだ。拒絶されたんだ！

そう解釈した彩花は、その出来事は人生初と言えるくらいに苦いものとして、記憶に残った。同時に、あのときに味わったロールケーキの、ほどよい甘さと好みのクリームが、彩花の舌に深く刻みこまれることになる。

近所とはいえ、もともと近寄りがたかったお屋敷だ。あのロールケーキの入手先などを、訊ねられる関係ではなかった。そのうちに、あの息子が高校卒業後、すぐに海外に行ってしまったと、近所の井戸端会議で母親が聞いてきた。成績がよい息子だから、きっと大学にいくだろう。やがて、あのお屋敷の後継者として、茶道家の跡を継ぐにちがいない。そう噂されていただけに、周囲は少なからず驚いたらしい。

海外に行ってしまったのなら、もう会うことはないかもしれない。

彩花の淡い初恋は、あの一件を最後に、あっさり終わってしまった。

思いだしたくない辛い体験というものは、逆に忘れがたいものとなる。心の奥に押しこめた苦い記憶とともに、彩花は、ロールケーキに魅入られていた。

もう一度、あのロールケーキを食べたい。

その欲求は、中学に入っても、高校生になっても、変わらなかった。それどころか、ますます強くなる。あの味に、想い焦がれている。ひとくち口にするまで、気持ちが落ち着かなくなっていた。

近所のケーキショップのロールケーキは、すぐに食べ尽くした。百貨店に出店しているロールケーキも、めぼしいものは食べきった。コンビニエンスストアでは常に新作が並ぶが、同じ味に出会えるかもしれないという期待で、それらもすべて食べてみた。

「茶道教室でしょう？　和菓子しか食べないイメージだから、生徒さんからいただいた洋菓子を食べる家族がいなくて、近所の小学生にふるまったとか？」

そう推理する友人もいた。手土産であれば、近くではないかもしれない。ロールケーキの探索は、やがて県外に及ぶようになる。取り寄せや土産で手に入るロールケーキも、彩花はすべて、一度は食べてみた。それでも、同じ味は見つからない。

「それほど記憶に残る美味しいロールケーキなら、自分も食べたいなあ」

「もしかしたら、海外のロールケーキじゃないかって思って、海外出張の父に、現地のケーキを送ってもらったよ」

ロールケーキを探し回る彩花に、友人たちは協力的だった。いつのまにか、彩花のロールケーキ探しは日本を飛びだして、海外にまで及んでいた。

あの味ではないが、どのロールケーキも美味しい。そして食べるたびに、あのロールケーキの隠し味は、なんだったのだろうと考える。原料となる生クリームの産地だろうか。練乳や蜂蜜が加えられているのだろうか。白い色だったから、ホワイトチョコレートや豆乳が加えられているのだろうか。ひょっとして、香りづけのリキュールだろうか。

なぜか懐かしいような、これまでも彩花が口にしたことがあるような。

彩花を惹きつけてやまない、生クリームの隠し味……。

「彩花。ロールケーキもいいけれど、ちゃんと自分の進路も考えなさい。もう来年は、高校三年生なんだから」

テーブルの上に両肘をつき、頬杖でぼんやりと考えている彩花に、母親が、あきれたような声で言う。

「あなたのいまの成績は、自宅から通えるところでは、あの大学がギリギリでしょう？　成績を落とさないように、受かるまで気を抜かないで」

「はぁい」

彩花は、無気力ながらも返事をする。あの一件以来、ふとしたことで匡の母親の冷やかな眼を思いだしてしまう彩花は、母親の言いつけを従順に守るようになっていた。

進路については、言われなくても、彩花なりに考えている。

彩花は、看護師になりたいと思っていた。

それほど高尚な気持ちというわけでもないが、仕事に誇りを持ちたい。それに、手に職をつけたいと考えていた。小学生のころ、怪我をして病院にいったときに、看護師にやさしく手当てをしてもらった記憶もあるせいだろう。

だが、彩花が相談しようと自分の希望を口にしたときに、母親の猛反対にあった。

「看護師？　あなたに、他人の命の責任が持てるの？　血を見て大丈夫なの？　看護師の国家試験って難しいんじゃないの？　いまのあなたの成績で通ると思っているの？」

まったく聞く耳を持たない母親は、続けて決めつけるように言った。

「あなたは大学や短大を出て事務職に就くのが、一番合っていると思うわよ。福利厚生がしっかりとしていて、定時に帰宅できる仕事を探しなさい」

親の目から、それが合っていると言われると、そうかもしれないとも思えてくる。

自分でなりたいと思った職業だった。だから、自分なりに調べようと、先輩や教師の話を聞きにいった。誰もが、たくさんの教科書で勉強をして、覚えることもいっぱいだという。仕事も大変だと、口をそろえていう。そうなると、母親の言うとおり、自分に資格が取れるのだろうか、本当に自分に向いているのだろうかと、不安になる。

自分なりに将来を悩んでいる彩花は、無意識につぶやいた。

「——ああ、あのロールケーキ、食べたいなあ……」


その日は、蒸し暑い梅雨の時期に入った日曜日だった。

母親はパート、高校一年生になっていた百花は、朝から吹奏楽部の練習で出かけている。高校三年生となった彩花は、ひとりで留守番だ。二階の自分の部屋で、英語の教科書を開いたまま、ぼんやりと窓の外の景色を眺めていた。

そのとき、インターホンが鳴った。

勉強に集中していなかったからこそ、すぐに彩花は反応する。立ちあがると、ひと手間が面倒とばかりに、一階の居間に設置されたモニターではなく、そのまま玄関へ向かった。玄関のドアを開くと、門の向こう側に、ひとりの男性が立っている。

シアサッカーのネイビーパンツを身に着け、黒のカットソーに淡いネイビーのシャツをサラリとはおった匡だった。

あれから七年経ち、高校生だった匡は、すっかり大人の男性に見える。それでも、サラサラの黒髪に整った顔立ち、はにかんだような笑みは、昔と変わらなかった。

もう会うこともないと思っていた、小学校時代の懐かしい初恋の相手だ。たとえ近所でも、訪ねてくるほど親しいわけでもない。

突然現れた匡の姿に、驚いた彩花は、言葉が出なかった。

「ぼくのことは、覚えていないかな？　きみと、会話らしい言葉をかわしたのは、あの日だけだったものね」

匡の言葉に、慌てて彩花は頭《かぶり》を振る。

「もちろん、覚えてる……。でも、どうして？　海外に行ったって……」

混乱のなかで、彩花は匡を家の中へ招きいれた。


「手土産を持ってきたんだけれど。あの日、きみが美味しそうに食べてくれたから」

居間に通された匡は、そう言いながら、手さげの紙袋から取りだした細長い箱を、彩花へ手渡した。無地の紙箱だったが、その見慣れた形状に、思わず彩花は声をあげる。

「これって、もしかしてロールケーキ？」

うなずく匡に、彩花は期待を膨らませた。机の上に置くと膝をつき、待ちきれずに箱を開く。そこには、夢にまで見た、あのロールケーキがおさまっていた。

「なんで？　どうして？　いくら探しても、出会えなかったロールケーキが、ここに」

「そうなんだ？　嬉しいな。そのロールケーキは、ぼくの手作りだから」

その言葉に、彩花は目を丸くして、照れたように笑う匡を見つめた。

ああ、そうか。あのロールケーキは、彼の手作りだったのだ。それならば、いくら探しても、見つからないはずだ。

「ぼくは、ずっとパティシエになりたくてね。高校を卒業してから修業を積むために、すぐにフランスに渡ったんだ」

うなずきながら聞いていた彩花は、はっと気づいたように、慌てて立ちあがる。

「――あ、わたしったら。お客さまに、お茶もださなくて……。ロールケーキなら、緑茶よりも、紅茶を用意したほうがいいかな？」

匡の目の前でも、うきうきとした気持ちは隠せない。彩花はいそいそとキッチンへ向かう。そんな彼女に向かって、匡は声をかけた。

「ああ。紅茶よりも緑茶がいいな。生クリームの隠し味で、白あんを使っていてね」

ああ、白あん！

生クリームの隠し味は、白あんだったのか！　彩花も、白あんは大好きだ。

「白あんをなめらかに混ぜこんだクリームなんだ。西洋嫌いで和を重んじる母親にも、ぼくの気持ちが伝わるように、ずっと気に入ってもらえる味を模索していたから」

「お母さんに？　もしかしたら、お母さんは、洋菓子を作ることに反対だったの？」

彩花の言葉に、彼はうなずいた。淹れた緑茶を、彩花は匡の前に置く。

「和の心を大事にする茶道の家元である母親だから。あの日、ぼくが、遊びじゃなくて本気でパティシエになりたい気持ちをわかってもらうために、巻きこむ形になっちゃったけれど、きみを家に招いたんだ。近所の子どもにロールケーキを出して、美味しいと言ってもらえたら、認めてもらう。ダメだったら、夢をあきらめるって」

そして、匡は彩花にほほえみかけた。

「ありがとう。きみの美味しいという言葉で、ぼくは夢をかなえることができたんだ」

「そんな。忘れられないくらいに美味しくて。お礼を言うのは、わたしのほうよ」

そう言った彩花は、ふっと苦い記憶がよみがえる。胸が、きゅっと締めつけられるように痛くなる。つい、彩花は、誰にも言えなかった想いを、声にだしていた。

「それじゃあ、お母さんはやっぱり、美味しいって言ったわたしに怒っていたんだね。ずっと厳しい表情だったし。だから、お茶を飲んでから出直してこいって叱咤する意味の喫茶去って言ったときも、あの言葉に、お母さんの気持ちがこめられたんだね」

そう言葉にした彩花の表情から察したのだろうか。匡は、ふっと考える顔になる。

そして、言葉を選ぶように、ゆっくりと言った。

「禅語には様々な解釈があるし、母個人の考え方もあるし。茶道のあれこれを説明してもわかり辛いと思うから、ざっくり言うとね。喫茶去は、きみが言った本来の意味とは別に、常に同じ心でお茶を点てることが大切だということを伝える言葉なんだ。本当に心の余裕ある境地に達した人は、差別をしない。茶道では茶の接待において、相手によって差別の心を持たずにもてなしをするという精神が、問われるんだ」

「――そうなんだ？」

「うん。そうじゃないと、掛け軸にして、お茶の席に飾ったりはしないよ」

匡は、ふふっとやわらかく笑った。

「だから、あのときの喫茶去という言葉は、きみに向けて言ったんじゃない。茶道を継いでほしい母が、西洋菓子などというものを作りたい夢を持つ息子に対して持った、己の差別の心に気づいたんだ。自分が折れて認めた気持ちを、口にしたんだと思うよ」

その瞬間、彩花は叫び声を抑えるように、無意識に両手で口をふさいでいた。

――ああ、あの言葉は、わたしに向けられたものではなかった！

彼の夢を認めた母親が、自分に向けた言葉だったんだ！

喫茶去という言葉の説明を聞いてから、ずっと心に重くのしかかっていた記憶。彩花は、心にたまっていた靄《もや》が、一気に晴れた気がした。七年の歳月を経て、ようやく、辛い記憶の呪縛から解き放たれることができた瞬間だった。

「ああ、ごめんんね。きみは、あれからずっと気にしていたんだね。本当にすまなかった。

見た目どおり、母はお弟子さんにも厳しい人でね。あのとき小学生だったきみに対しても、冷たくて怖い態度に見えてしまったよね」

おろおろしながら謝罪する匡に、言葉を詰まらせた彩花は、首を左右に振った。


気持ちが落ち着いた彩花の目の前には、恋焦がれていた、真っ白なクリームのロールケーキ。そのスポンジをフォークで切り、たっぷりのクリームを載せる。

純白のクリームを、彩花は、七年前のまっさらな気持ちでほおばった。

――ああ、これだ。この味だ。

この苦い記憶を切り離した、ロールケーキ本来の美味しさを、わたしはずっと探し求めていたんだ。

ゆっくりと味わう。やさしい甘さの生クリームを堪能する。

そして彩花は、そっと決心した。

自分の夢を叶えるために看護学校に行きたいと、お母さんに言おう。反対されるかもしれないけれど、自分が本当にやりたい仕事なんだと、理解してくれるまで話し合おう。

きっとお母さんは、わたしの夢を応援してくれる。

# 絆の味を噛みしめる

桔梗楓

育児とは、果てがなくゴールがどこかさえも分からない道のりをひたすら進み続けなければならない強制マラソンのようなものだと、俺、野上健幸《のがみたけゆき》は思っている。

「もういい加減にしてよ！　何回言えば気が済むの⁉」

「そっちこそ、なんで俺のやり方にいちいち口を出すんだよ！」

道のりの中で、諍《いさか》いが起きることもままある。我慢するし、妥協もしてきた。でも、日常のちょっとした不満が積み重なっていくと、やがてお互いの許容メーターが臨界点に達してしまう。

――前に向かって歩く気力が、なくなってしまう。

俺たちの夫婦げんかを、ふたりの子供が心配そうに見ている。どちらも四歳で、女の子の双子だ。

妻の亜希《あき》はクッションを摑んでソファに座った。

そのままダンマリである。彼女の常套《じょうとう》手段だ。俺は「はあ」とため息をついた。

「そうやって黙っていれば、俺が亜希の言うことを聞くと思っているのか？」

訊ねても無視。横を向いたまま、目も合わせない。

こりゃダメだな。お互いに頭を冷やす時間が必要なようだ。俺はチラッと横目で娘たちを見た。ふたりは互いに手を繋いで、今にも泣きそうな顔をしている。

こういう顔をさせたくないから、子供の前で喧嘩はしたくなかったんだ。亜希だってそれはわかっているだろうに。

……やっぱ、俺も亜希も疲れているんだな。

「みあ、ゆき、パパと一緒にばあばの家に遊びに行こうか」

娘たちにも気分転換が必要だろう。こういう時、実家が近いのがありがたい。

俺はふたりを連れてマンションを出た。亜希は見送りの言葉ひとつ寄越さなかった。

双子を育てるというのは、めちゃくちゃ大変だと俺は思う。初めての子供だったらひとりでも大変なのに、ウチは全部ふたり分なのだ。やることなすこと全部初めてで、親の疲れも倍である。

俺と亜希は同い年で四十歳。長年にわたる不妊治療の末、やっと実を結んだ双子の娘。もちろん幸せだ。俺と亜希にとって待望の子供だったのだから。

でも、それと育児の苦労は別だった。

亜希は育児に専念するため、二十年のキャリアを捨てる覚悟で会社を辞めたが、子供が落ち着いたらまた働く気でいる。子供と自分だけの世界に身を置いていると、自分が社会から置いてけぼりにされていく気がして怖いと、たびたび口にしていた。

その恐怖からくる焦りなのか、彼女は前よりも怒りっぽくなった。……俺も、一人で家庭を支えなければならないという重圧から余裕を失い、短気になっていると思う。

どうしてこうなってしまったんだろう。

子供は愛しているが、育児はままならないことだらけだからイライラもして、ジレンマのようなものを感じている。


車で二十分ほど走って、実家に到着した。娘たちのチャイルドシートのベルトを外すと、彼女らは嬉しそうに実家のドアを開けた。

「ばあば～！」

靴を脱ぎ捨て、バタバタと賑やかにリビングへ行く娘たち。

少し遅れて俺が玄関に入ると、ふわりと桜の香りがした。

「ああ、そうか。もうそんな季節か」

毎年実家で、この匂いを嗅ぐと春を強く意識する。

「いらっしゃい。お昼食べに来たの？」

リビングに入ると、母がキッチンで作業をしながら苦笑いをした。俺が亜希と喧嘩しては実家に逃げてくるので『また喧嘩したのか』と言わんばかりである。

「ああ、うん。まあそんなとこ。……桜餅作ってたのか？」

「ウチの恒例だからね。お昼食べたいなら、ちょっとは手伝いなさいよ」

「はいはい。みあ、ゆき、キッチンに入るのは駄目だからな」

「はあい。ばあば、キナコどこにいるの？　じいじの部屋？」

「キナコは今の時間だと、おばーばの部屋かもね」

「おばーば！」

みあとゆきは廊下をドタドタ走っていった。おばーばとは、俺の祖母のことだ。そしてキナコは飼い猫である。

「手を洗ったら、桜の葉を水揚げして、水気を拭いてね」

「へいへい」

俺は手を洗ったあと、塩抜きのため水に浸けていた桜の葉を取り出し、キッチンペーパーで拭いた。

「お料理やお掃除、亜希さんに任せていては駄目よ。ちゃんと分担してる？」

「してるよ。でも、やり方が俺と違うと言っては文句を言う。あれはやめてほしい」

「それは仕方ないわよ。ある程度は歩み寄らないとね」

「俺はちゃんとやってる！　歩み寄らないのは向こうだ」

はあ、とため息をついた。母はコンロの前に立って、蒸し上がった道明寺粉《どうみょうじ》の匂いを嗅ぎ、菜箸《さいばし》でつついて軟らかさを確かめている。

「……今日も、喧嘩した。洗濯物のたたみ方が違うって言われて腹が立って」

「小さいことだけど、気になるのよねえ」

「どうせ着るんだから、たたみ方なんかどうでもいいだろ。いちいち煩《うるさ》いんだよ」

時々、なんで結婚してしまったんだろうと考える。

本当に妻を愛しているのか、わからなくなる時がある。

子供が生まれて余裕のない日が続いていくうちに、そう考えることが増えた。

義務感で子育てしてるんじゃないかって。俺の心はもう、亜希のところにはないのかもしれないって、怖くなる。

「そう思うのは今だけよ。子供が成長するにつれて、お互いに心の余裕を取り戻していくから」

「そんな気がまったくしない」

「それは今のあなたが冷静になれていないからそう思うのよ。そうだ、よかったら桜餅を持っていったらどう？　今日はこれで仲直りしたらいいわ」

「いや、さすがに桜餅で機嫌を直せるわけないだろ」

逆に亜希がお菓子で機嫌が取れるような人だったら楽なんだけど……。

すると母は軽く笑って、蒸し上がった道明寺粉を濡れ布巾に載せた。

「そんなことない。ウチの桜餅は人と人の縁を繫ぐ、いわくつきの『縁起物《えんぎもの》』だからね」

母の言い方がやけに意味深なので、俺は首を傾げる。

「ウチの桜餅って関西風でしょ。関東のはほら、薄皮にこしあんを包むほうだし」

「うんうん。お菓子屋でよく見かけるよな」

俺の周りで馴染《なじ》みのある桜餅といえば関東風のもの。でもウチは、昔から関西風だった。蒸した道明寺粉の中にこしあんを入れて、桜の葉で包むものだ。

「関西生まれのお母さんが、大阪でお父さんと出会ったあと、結婚するためにお父さんの故郷である東京に来たのよね」

「へえ」

そういえば、祖母のなれそめは初耳だ。祖母は物静かで、あまり自分のことを話さない人なのだ。

「第二次世界大戦が始まっていたけど、お父さんは軍需工だったから徴兵を免《まぬが》れていたの。でも戦争末期には出征が決まっちゃって、お母さんは複雑だったみたい」

「複雑って？」

「当時、出征は『お国のために戦えて嬉しいこと』だったからね。国民として喜ばなければと思いながらも、本音は行ってほしくない……。そんな気持ちだったみたい。でもお父さんは『必ず帰って、きみの桜餅を食べるよ』と約束したのよ」

どこか遠くを見つめて、母は祖母の過去を話す。

なんとなく毎年食べていたウチの桜餅。元々は祖父の好物だったってわけだ。

「お母さんは、春が来るたび心許《こころもと》ない配給品を工夫して桜餅もどきを作っては、今年こそは帰ってきてくれると信じて待っていたのよ」

「戦時中だとお菓子なんて作れないもんな」

その頃はサツマイモとかを使っていたのかもしれない。それは確かに『もどき』だ。

「やがて終戦を迎えたけれど、お父さんは帰ってこなかった。でもお母さんは桜餅を作り続けた。周りが、諦めて大阪に帰ったほうがいいと言っても、両親が新しい縁談を持ってきても、ただ首を横に振ってひたすらにね」

戦時中は『もどき』だった桜餅は、物資の流通が復旧するにつれ、やがて元の形に戻っていく。だけど祖父は帰ってこなかった。あれ？　でもそれだと……。

母はニコッと笑って、濡れた手で蒸した道明寺粉を掴むと、平たく伸ばしてヘラですくったこしあんをぽってりと載せる。

「終戦から三年後、お父さんがやっと帰ってきたのよ」

「だよなあ～！　帰ってこないと、母さんが生まれてないもんな」

「ひいてはあなたもね。お父さん、出征先で大怪我してたのよ。それで、ずっと基地で馬のお世話をしてたんだけど、終戦間際に特攻作戦が決まって、お父さんはその部隊に組み込まれたそうなの」

「怪我してるのにか。……いや、怪我してたからこそ、なのかな」

特攻ってことは、爆弾抱えて敵地に突っ込む的なやつだろう。思わず背中が寒くなった。きっと、俺はとても恵まれた時代に生まれたのだ。

「作戦の前日、お父さんはお母さんを想ったそうよ。死を覚悟して、頭の中でお母さんの作る桜餅の味を噛みしめたんですって」

シン、とあたりが静まった。俺にはできない覚悟だ。そんな極限状態の中で想像する桜餅はどんな味がしたんだろう。祖母を想ったというのなら、やっぱり優しくて、泣きたいほど甘かったのかな。

「でもね、作戦の当日に終戦の知らせが届いたのよ。そしてお父さんは怪我を治療し、三年かけてやっと日本に帰ってきたってわけ」

「……すごいなあ。映画みたいだ」

「そうね。あの時代は、映画みたいな出来事がそこかしこにあったんだろうなって思うわ。お母さんは泣いて喜んだし、それはもう心を込めて桜餅を作ってあげたんだって」

「きっとめちゃくちゃ美味しかったんだろうな」

「ええ。お父さんはね『頭の中で食べてた味よりずっと美味しい』って言って、お母さんは『頭の中で食べてたってどういうこと？』って聞いたそうよ」

母が笑うので、俺もつられて笑いつつ、母が丸めた桜餅に桜の葉を巻く。

「そしてお父さんとお母さんは結婚して、わたしが生まれた。春はお母さんの作る桜餅を家族で食べるのが恒例だった。だから我が家にとって桜餅は、ちょっと特別なお菓子なのよ」

そう言って、母はできたばかりの桜餅をふたつ、皿に載せた。

「これ、お母さんのところに持って行ってくれる？　今からお昼作るから、みあちゃんとゆきちゃん、呼んできてね」

俺は皿を受け取って、祖母の部屋に入る。祖母は可動式ベッドを少し起こした状態で横になっており、近くではみあとゆきが猫のキナコと遊んでいた。

「みあ、ゆき、お昼ごはんだってさ。手を洗っていくんだぞ」

ふたりは「おひる〜！」と大声を上げながらバタバタと部屋を出ていった。

「ばあちゃん、桜餅だよ」

「あら、ありがとうねえ」

祖母がゆっくりと身体を起こして、立ち上がろうとする。俺は桜餅を近くの棚に置いたあと、祖母の手を握って背中を支えた。

「ごめんなさい。仏壇のところまでお願いね」

「いちいち謝るなって。これくらい、別にいいから」

ゆっくりと進む祖母の足に合わせて、仏壇の前まで移動する。彼女を椅子に座らせると、俺は改めて桜餅を持っていった。

「今年もおいしそうねえ」

祖母は桜餅をひとつ仏壇に供えた。そしてもうひとつを食べ始める。

一口、一口、噛みしめるように食べる祖母の表情は穏やかで、優しい。

「あの、さ。さっき母さんから、桜餅にちなんだ昔話を聞いたんだ。じいちゃんが出征したあと、ばあちゃんはじいちゃんを待っている間ずっと桜餅作ってたとかさ」

言おうか言うまいか少し悩んだけど、俺は話してみることにした。祖母はフォークを動かす手を止める。

「そうなのよねえ。わたしが作る桜餅なんて、たいして美味しいはずないのに、健太郎《けんたろう》さんはいつも幸せそうに食べていたわ」

健太郎は祖父の名前だ。祖母は俺を見上げると、にこっと微笑む。

「健太郎さんにね、戦時中に私が作っていた桜餅を食べてみたいと言われて、しぶしぶ作ってあげたことがあったのよ」

「それってもしかして、桜餅もどき、ってやつ？」

「そう。お世辞にも『桜餅』と言えるものじゃなかった。糠《ぬか》の混ざった大豆粉を平たく伸ばして、サツマイモを餡代わりにして丸めた……お菓子とも言えない団子。改めて作ると、恥ずかしくてたまらなかった。どうして当時のわたしは、こんなものを桜餅だと言い張っていたのかしらって。ばかみたいに思ってねえ」

遠くを見て、懐かしそうに語る。

「でも健太郎さんは『美味しい』と言って、嬉しそうに食べてくれたのよ。どうしてそんなに嬉しそうな顔をするのって訊ねたら、物が少ない時代に、おれが帰るのを信じて作ってくれたきみの優しさが伝わったから、だって……」

祖母は、ゆっくりと食べかけの桜餅に視線を向ける。

「本当に優しい人だった。戦時中でも意地を張って桜餅を作り続けてよかったあって、心から思ったものよ」

俺は仏壇を見た。そこには、俺が高校生の頃に亡くなった祖父の遺影が飾ってある。

すごいな。ウチの桜餅って、こんなにも深いドラマが隠されていたんだ。

——大切な人を想って作る菓子。大切な人を想って食べる菓子。

じんわりと心に沁みる。俺も、そんなふうに大切な人を想って菓子を作ってみたいし、食べてみたい。

ふと、頭の中に浮かんだのは……亜希と、みあとゆき。

「健幸、ホットサンド冷めるわよ〜」

廊下から母の声が聞こえて、俺は慌てて祖母に「じゃ、また来るよ」と言って、早足でリビングへ戻った。


三時に差し掛かるころ、俺は娘たちを連れて自宅に帰る。

亜希はまだ怒っているだろうか。少しは落ち着いているといいんだけど。

「ただいま」

ガチャリと玄関ドアを開けると、みあとゆきが「ただいま〜！」と言いながら靴を脱ぎ捨て、廊下を走っていった。

そろそろ、ちゃんと靴を揃えろと注意するべきなのか……。

俺が玄関で子供の靴を揃えていると、後ろから「おかえり」と聞こえた。

「あ……、うん」

亜希は少し拗《す》ねた表情をしつつ、困った様子で視線を下げている。

「今日は、ごめん。実は朝から頭痛がして……イライラしてたのよ」

「いいよ。俺も怒鳴って悪かった。ごめんな」

仲直りできてホッとする。時々喧嘩はしてしまうけど、やっぱり俺は亜希と一緒がいいし、離れたくない。

「頭痛薬は飲んだのか？」

「うん。健幸たちは、お昼をお義母さんのところで食べたの？」

「ああ。そうだ、これお土産」

亜希の手に、ラップで包んだ桜餅をポンと載せる。

「……桜餅？」

「俺の手作りだよ」

「えっ、健幸って、桜餅なんて作れるの？　それにこの桜餅って、時々お菓子屋さんで見るやつだよね」

「そうそう、道明寺。関西風の桜餅だ」

ちなみに、薄皮で餡を巻く桜餅は『長命寺《ちょうめいじ》桜もち』という。ネットで軽く調べたら、諸説あるものの、桜餅のルーツは長命寺桜もちが先で、道明寺は長命寺桜もちを参考にして椿餅という菓子をアレンジし、桜餅と名付けたのだとか。

「俺のばあちゃん、関西出身なんだよ」

「へ〜」

話しながらリビングに入って、亜希はソファに座った。そしてラップを剥がして、ぱくっと桜餅を頬張る。

「おいしい！」

「出来たてだから、蒸した道明寺粉が軟らかいだろ」

「うんうん。桜の葉の香りもすごくして、春〜って感じがする」

もぐもぐと食べる亜希の顔は幸せそうだった。心がほわっと温かくなる。

「この桜餅を作りながら、うちの桜餅について教えてもらったんだ。ばあちゃんは出征したじいちゃんを想って、戦時中もずっと桜餅を作っていたんだって」

俺は母や祖母から聞いた昔話を、亜希に話した。彼女は桜餅を食べながら、時々「うん」とか「へえ〜」とか、相づちを打ちながら聞いていた。

「なんだか、すごいね。ドラマみたい」

「俺もそう思った。今の時代とは違いすぎて、別世界の話みたいだよな」

「でもさ、戦後から百年も経っていないんだよね。それに日本は平和だけど、世界ではあちこちで戦争してるじゃない。だからきっと、他人事じゃないんだろうね」

亜希が天井を見上げて呟く。俺も同じように上を見た。

そうだな。争いだらけだった歴史の中で、今の時代は奇跡みたいなものなのかもしれない。でも、俺は——。

ふと、寝室のほうを見る。みあとゆきのきゃっきゃと遊ぶ声が耳に届く。

「俺が死ぬまで……いや、死んでも、みんなは笑顔でいてほしい」

「え？」

亜希が驚いた顔をした。俺も、なんだからしくないことを言っている気がして恥ずかしくなり、頭を掻く。

「ウチのばあちゃんが桜餅を食べてた時、すごく幸せそうで、こっちも嬉しくなるような顔をしていたんだ。大切に、愛おしむように桜餅を口にしていて、まるで幸せを噛みしめているように見えた」

今日の祖母を思い出す。俺もあんなふうに歳を取りたい。最後まで幸せだったと思いたい。

それは平和な世の中じゃなきゃできないことだ。そして亜希も、みあもゆきも、その後も続くかもしれない世代にも、そうなってほしい。

「俺も死んだ後、亜希に、あんなふうに幸せそうな顔で俺んちの桜餅食べて、俺のことを思い出してほしいなあって思ったんだよ」

亜希は目を丸くした。そしてぷっと噴き出す。

「何それ。気が早すぎよ。もうおじいちゃんになった時のことを考えてるの？」

「わ、悪いか？　誰だって年は取るだろ。だからさ、あの、育児とか仕事とか、今はめちゃくちゃ大変だし、どうせまた喧嘩するだろうけど……放ったらかしにだけはしたくないんだ。その都度話し合って、仲直りしたいんだ。俺は――」

桜餅を食べ終えた亜希の手を握って、まるで告白するかのように顔を熱くして、口を開く。

「亜希と、みあと、ゆきと、いい家族を作っていきたい」

「健幸……」

亜希が嬉しそうな顔をした。そう、その顔が見たかったんだ。

「桜餅があまりに優しい味だったからかな。朝はあんなにムカついていたのに、なんだか今のセリフで絆《ほだ》されそうだわ」

「あははっ、そりゃそうだ。だってあの桜餅は、うちに代々伝わる縁起物だからな」

人と人を繋ぐ、いわくのついた『縁起物』。母が口にした言葉の意味が、ようやくわかった気がした。

——もし、終戦の知らせが一日でも遅れていたら、祖父は戦死していたかもしれない。そうしたら祖母と祖父は結婚できず、母は生まれなかった。当然、俺も存在しなかった。

家族の絆というものは、ほんの少しのボタンの掛け違いで断ち切られるかもしれない、とても脆《もろ》いものなのだろう。戦争であれ、家族間の諍いであれ、本質は同じだと思う。

だからこそ、俺は今持っている絆を大切にしたい。

それが『家族を守る』ってことじゃないかな。


……春は、家族で桜を見て、淡い紅色の可愛い桜餅を食べよう。

芳しい桜の香りに、幸せを噛みしめよう。

そうやって守っていけば、きっと繋がっていくはずだ。

祖母が、母が、そして俺が紡いでいく、絆の味を。

# #ショートケーキ

霜月りつ

(だめだ、なにも考えられない)

都築十一郎《つづききじゅういちろう》はノートの上に鉛筆を放り出した。白い紙面に四角や丸をいくつも描き込んでいたが、結局どれにも大きく×印をつけてしまった。

都築は漫画家だった。先日コミックスが一冊出て、今もその作品を連載中。編集と生み出した新キャラクターの相棒の評判も上々で、もうじき二巻目も出る。

だが、新章に入ってうまく話が進まなくなってしまった。締め切りは目の前なのに、描き出しがうまくいかない。

(あー、だめだ。なんか脳にエネルギーが回っていかないっていうか)

都築はネームノートに伏せていた頭を起こし、ゴツゴツと叩いてみる。

(そうだ、糖分が足りないと頭が働かないっていうしな……なにか甘いものでも……買い物がてら散歩して気分を変えよう)

そんなわけで家を出て近所の商店街に足を向けた。商店街の街灯には笹の葉が飾られ短冊が風に揺れている。

(ああ、もうそんな時期か)

家にこもって漫画ばかり描いていると、カレンダーは締め切りを確認する道具にしかならない。こうやって外へ出ると、ようやく季節を認識することができた。

半そでから出た腕を日差しが焼く。帽子が必要だな、と手でひさしを作って白く湧き上がっている雲を見上げた。

商店街の終わりにコンビニがあったはずだ。そこへ向かって歩いていると、一軒の店の窓を磨いている男に気づいた。

「あれっ！」

思わず声が出た。よく知っている男だったからだ。

「三輪《みわ》さん！」

呼びかけると窓を拭いていた男は顔をあげて「よう」と笑顔を返した。

「驚いた、なぜここに」

「ああ、俺、今はこの店でバイトしてるんだよ」

この店と言われて都築は気づいた。間口二間ほどの小さなケーキ屋だ。何度も商店街を通っているのに気づかなかった。

「バイトって、あの、清掃のバイトは——辞めちゃったんですね、あのあと一度も会えなくて」

以前、都築の漫画を発行している会社のロビーで清掃の仕事をしている三輪と出会ったのだ。あのときもすごい偶然！　と喜んだのに。

「ああ、ちょっと上司と揉めてな。クビになった」

白いケーキ屋の制服を着た三輪は、相変わらずかっこよく、〝できるパティシエ〟に見える。

三輪は窓を拭いていた雑巾をバケツに入れると都築を店に誘った。入ってみると正面にガラスケースがあり、中にきれいなケーキが並んでいる。

「これ、三輪さんが？」

「いや、俺は販売だけ。ケーキは店長が作ってる」

三輪は店の奥――壁の向こうを親指で差した。

「ちょっと待っててくれ」

三輪はガラスケースの向こうへ回るといったん奥にひっこんだ。水を使う音がしたので手を洗っているらしい。しばらくして、「いらっしゃい、なんにする？」と笑みを浮かべながら出てきた。

「え、えっと」

ここ数年ずっとコンビニスイーツで、お店でケーキなど買ったことのない都築はとまどった。ガラスケースの中のケーキはどれも美しく、クリームのホイップの先まで気をつかっているように見える。

「じゃ、じゃあこのショートケーキ？　と……モンブランを」

名前を知っているケーキ――ショートケーキは少し個性的なデザインだったが――を指さすと、三輪が手際よく詰めてくれる。

「ちょうど千円……おっと、消費税入れて一〇八〇円だ」

「この店、前からありましたっけ……」

店の奥の厨房に店長がいるらしいので、都築は小声で言った。

「ああ、しばらく閉めてたけどな。もとはじいさんばあさんでやってたんだけど、娘さんが嫁ぎ先から戻ってきて店を引き継いだんだ」

嫁ぎ先から戻って？　今さらっと個人情報が漏れたぞ。

「俺もしばらくはここにいるから、また来てくれよ」

三輪はケーキの箱に賞味期限のシールを貼りながら言った。


「うまい……」

都築は自宅でケーキを口に入れうめいた。今まで食べていたコンビニスイーツはなんだったのか？　あれはスイーツという名の粘土だったのだろうか？

そう思うほどこの店のケーキはおいしかった。

都築はフォークを置くと食べかけのケーキの写真を撮った。

このショートケーキはよくある三角や四角の形ではなく、円筒形の生地にクリームを塗り、苺を四枚花びらのように周囲に差して、真ん中にクリームを絞り、星の形のチョコレートがついている。

調べてみると日本で言うショートケーキというのは「スポンジとクリームが層になって、イチゴなどが載せられた」ものならなんでもいいらしい。スポンジ＋クリーム＋いちごのショートケーキを広めたのは不二家《ふじや》で大正時代に遡るという。

〝〇〇通り商店街ですごくおいしいケーキ屋発見！　ショートケーキ最高！　クリーム絶品！〟

頭の悪そうな、語彙力のないコメントをつけて、写真をSNSにUPする。

そのあと、あっという間にショートケーキとモンブランを食べ尽くしてしまった。

(ほんと、おいしかった。この感動よ、俺のプロットになり紙面に爆発しろ！)

都築は三輪が貼ってくれた賞味期限のシールを自分の机の上に貼った。

「この期限のうちにプロット完成させる！」

自分で自分に発破をかけて、都築はネームノートに向かった。

翌日、都築は再度ケーキ屋に向かった。昨日あのあとプロットが完成し、ネームを見てくれた編集からもOKが出た。お礼と、なによりケーキがおいしかったので、また食べたくなったからだ。

店に着くと、ドアを開ける前から三輪が手を振っているのがガラスの向こうに見えた。ちりりんとドアベルを鳴らして都築は店に入った。

「なあ、昨日、SNSで宣伝してくれただろ」

三輪が嬉しそうに言う。

「店長がSNSで見つけたって言ってた。そのせいか今日は初めての客が何人も来てよ、おかげでケースの中が寂しくなったぜ」

三輪の言うとおり、ケースの中にはシュークリームと丸くてしっとりとしたスポンジケーキの二つしか残っていない。

「このケーキは……サバラン？　どんなケーキなんですか？」

「洋酒の利いた大人の味さ。試してみろよ、うまいぜ」

「じゃあこれをください」

三輪はサバランを箱にいれた。

「漫画おもしろいな。ちゃんと雑誌買って読んでるぜ」

「ここのケーキのおかげでプロットもできました。今日から下書きにはいります」

「おう、がんばれよ」

三輪が大きな手のひらを向けてくれる。都築はそれだけで嬉しくなって、箱を片手に飛び跳ねるような足取りで帰った。


一日置いて、三度目のケーキ屋。本当は昨日も行きたかったが、さすがに連チャンは恥ずかしくて我慢したのだ。

もうここのケーキを食べないと絵が描けないのではないかと思うほどだった。

ケーキ屋に行くとガラスケースの前に小学三年生くらいの男の子がいた。熱心にケーキを眺めている。

三輪が都築に手を挙げて挨拶をくれた。

「これ、ください」

男の子がショートケーキを指さして言った。

「ありがとうございます、五四〇円です」

三輪が言うと男の子は「えっ、消費税込みじゃないの?」と声をあげた。

「ごめん、外税なんだよ」

三輪がガラスケースから乗り出すようにして言う。男の子は握りしめていた五〇〇円硬貨を見つめている。その顔が泣き出しそうに歪んだ。

きっとそれは彼のお小遣いだ。月にいくら貰っているのか知らないが、小学生にとって五〇〇円は大金だろう。一生懸命考えて選んだショートケーキを目の前に、その子は今絶望を味わっている。

一瞬でそこまで妄想してしまうのは漫画家の性《さが》なのか。ついでに自分が子供の頃、お小遣いが足りなくて漫画が買えずに悔しい思いをしたことまで思い出した。

「あ、あの」

都築は思わずその子に声をかけていた。振り向いた少年は予想通り、目に涙を浮かべていた。男の子にしては人形のようにきれいな顔をしている。

「あのね、よかったらこれ……五〇〇円」

都築は子供に五〇〇円玉を差し出した。

「使って」

「え、でも……知らない人にものを貰っちゃいけないって」

「僕、このお店にいつも来ているんだ。だからまた会えると思う。こんど会えたら返してくれればいいから」

とっさにそう言ってしまった。このご時世、小学生に見知らぬ大人が声をかけるのは不審者案件。しかも今はTシャツにしわくちゃのカーゴパンツ、ビーサンというういかにもうさんくさい格好だ。

「そいつ、信用していいよ」

三輪がガラスケースの上に両手を置いて男の子に向かって言う。

「この近所に住んでるし、俺の知り合いだ。なんと、漫画家の先生だ」

「えっ、ほんと!?」

小学生の目が大きく見開かれる。

「だれ？　なに描いてるの？　ジャンプに載ってる？」

「あ、いや……ジャンプじゃないけど……青年誌で……都築といいます」

「そうなんだ、すげー。僕漫画家の人初めて見る」

まるで珍獣になった気分で都築は苦笑した。まあ漫画家なんてのは職業というより、そういう生き物って感じはするが。

「じゃあ、……借ります。僕、児玉《こだま》って言います。ツヅキセンセイ、ありがとう」

名前をまるでカタコトのように呼ばれる。児玉少年は三輪がケーキを入れた箱を宝物のようにそっと、大事そうに持った。

「ありがとう！　絶対返すね！」

少年は大声でそう言うと、店を出て行った。

それからも都築はケーキ屋に通った。三輪は都築からお金を借りた小学生がしょっちゅう来ていると言うが、タイミングが悪いのか、なかなか会えない。

「俺が預かっておいてやるって言っても、絶対自分で渡すって言い張るんだよ、あの消費税小僧」

三輪はおもしろそうに言う。

ある日、都築はケーキ屋に入る女性を見た。後を追うように都築も店に入ったが、その女性はいなかった。

「今、女の人が買いに来ていなかった？」

三輪に聞くと、「ああ、それ店長だよ」と答える。

「あの人が」

いつも厨房にいるので初めて見た。後ろで髪をひっつめた化粧けのない人だったが、すっきりとした切れ長の目の繊細な感じの女性だった。

「きれいな人だね」

「店の声、中に聞こえてるぞ」

三輪が言って、都築はあわてて口を押さえた。

「もっと大きな声で言ってもいいんだぜ、イチゴをおまけしてくれるかもしれねえ」

「だ、だめですよ」

都築は厨房を窺ったが、狭い入り口から中の様子は見えなかった。


漫画の原稿が完成に近づいた頃、店にやってきた都築に三輪が呆れたように言った。

「太ったんじゃねえか？」

「……やっぱり？」

都築は顔を手で押さえる。

「そんな予感はしてたんですが……ケーキが美味しすぎるのが悪いんですよ」

「ケーキのせいにするな、運動しろ」

そんな話をしながら今日はピスタチオを使ったケーキを選ぶ。

「ピスタチオのカロリー教えてやろうか」

「やめてください、マジで」

「そうだ、昨日、消費税小僧が来たぞ」

三輪はガラスケースに腕を乗せて顔を突き出した。

「でもあいつおかしいんだ。店に入る前にガラス戸から店内確かめて入ってくるんだよ。それでお前がいないないなー残念だなーって。もしかして金を返すのが惜しいのかな」

「そうなんですか？　そういう子には思えなかったけど」

「……あ、おい、ちょっとこっちへこい」

三輪が都築を手招いた。ガラスケースに寄ると、「こっちだ」と内側に引き込まれる。

「少ししゃがんでろ」

「なんなんです？」

訳がわからないままに狭いケースの内側にしゃがんでいると、ちりりんとドアベルが鳴った。

「こんにちはー」

幼い声が聞こえる。ケーキの合間から覗くとお金を貸した児玉少年だ。

「よう、いらっしゃい」

「今日も五〇円のお兄さん、いないね」

少年の声が心もち嬉しそうだ。

「いや来ているぞ」

三輪がそう言って都築の襟首を摑んで立ち上がらせる。少年の顔が驚愕に、そしてたちまち悲しそうに歪んだ。それを見て、なんだか彼を虐めたような気になってしまう。

「ほら、今日こそ金を返せるぞ」

「う、うん……」

児玉少年は財布を出したがためらっているようだ。

「あ、あの、三輪さん。俺は別にお金は……」

いたたまれなくなって都築が言うと、三輪は怖い顔をした。

「だめだ。こういうのは子供相手でもちゃんとしとかねえと」

「あの、でも、僕……」

少年の声が潤んだ。それに三輪は声を厳しくして言う。

「児玉。借りた金を返さないのは泥棒と一緒だぞ。いいのか？」

「ううー」

とうとう児玉少年は泣き出した。都築は突然の展開におろおろするしかない。三輪はぶっきらぼうだが子供を泣かすような人間ではないと思っていたのに。

「やめて！」

そのとき、いきなり厨房から女性が出てきた。ケーキ屋の店長だ。

「やめて、十夢《とむ》は泥棒じゃないわ！」

「――ママ！」

女性の姿を見て少年は泣きながら叫んだ。

「十夢！」

ガラスケースを回って駆け寄った店長が少年を抱きしめる。

「初めてこいつが来たときから声でわかってたんだろう？　店長」

三輪が抱きあっている二人を見ながら言った。

「大人の事情もあるかもしんねえけど、それに子供を巻き込むなよ」

都築はいったい自分がどういうシーンに立ち会ってるのかもわからず、呆然と二人と、そして三輪を見つめていた。


「店長はさ、この店を継ぐって話をしたときから旦那と毎日喧嘩してたんだと」

三輪は店長と息子を外へ出させた。ゆっくりと話をさせるためらしい。

「それで冷却期間を置こうって実家に戻ってきたんだ。子供……十夢か？　あいつは経済的にゆとりのある旦那に預けた。旦那は十夢に、今お話し中だから、それが終わったらママが帰ってくるって言い聞かせていたらしいな」

十夢は我慢して待っていたが、父親のスマホのＳＮＳでケーキの写真を見て母親の店を知った。それで五〇〇円を握りしめてケーキを買いに来た。

「金を返すって口実ができて、ケーキを買わなくても来られるようになって嬉しかったんだろうな。毎回五〇〇円は小学生には大変だ」

もしかしたら母親の姿が見られるかもという期待もあったのかもしれない。だが店長はいつも厨房だ。

「一言ママって言えばよかったのに、なんで……」

「父親のいう〝お話し〟が済まないうちに会いに来たことがわかったら、もう会えなくなるって考えたのかもな」

母親の方も子供の声だとわかっていたが、今会ったら心がくじけると我慢していたのだろうと三輪は言った。

「十夢が店を覗き込んでいたのは母親の姿が見えないか、そしておまえがいないことを確認してたんだろう。おまえがいたら金を返して……もう来る必要はないからな」

「そういえばさっきどうして十夢くんが来るのがわかったんです？」

「窓から見えた」と、三輪は棚の上の窓を指さした。

「それにしても三輪さん、いつから気づいてたんですか？」

「あ？　だって顔そっくりじゃね？　おまえ、漫画家なのにわかんなかったの？」

ちりりん。ドアベルが涼し気な音をたて、母子が戻ってくる。二人ともどこか恥ずかしそうな顔をしていた。

「十夢……」

母親に促され、少年が都築に手を伸ばす。都築も手のひらを差し出した。その中にころんと五〇円玉が落ちてくる。

ずっと握りしめられていたのか、硬貨はほんのりと温かかった。


ようやく原稿が完成して、都築は自分へのご褒美にホールを買おうとケーキ屋へ向かった。ところが――。

「すみません、三輪さん辞めちゃったんですよ」

店長が自ら接客してくれながら言った。

「あの、どこに行くとかは――」

「ごめんなさい、聞いてないの」

店長は都築にあのあとの話をしてくれた。夫とよく話し合って納得してもらい、結婚生活もケーキ屋も続けることができるようになったという。

「それは……おめでとうございます」

「実は夫が都築先生のファンだったらしくて」

店長は思いがけないことを言ってくれた。

「それで先生のSNSをフォローしていて、そこで十夢が写真を見たんです。だから十夢がこの店に来たのは先生のおかげなんです」

あの個性的なショートケーキのデザインで、十夢は母親のケーキだとわかったのだろう。意外な偶然に胸がときめく。

都築はショートケーキを一つ買って帰途についた。

店を出るとき気づいたことがある。三輪が十夢が来たことに気づいたのは窓から見えたからだと言っていたが。

(窓は棚の上にあるから、あの位置では小さな十夢くんは見えなかったはず……)

三輪が店からいなくなったのは寂しい。でもなぜかまた会える気がしている。きっとまた思いもかけないところで。

三輪のおかげでおいしいお店を知ることができたことは感謝しよう。

でも。

増えた体重が戻らないことだけは恨んでいる——。

# 完璧なスイーツ

朝来みゆか

台所スポンジとキッチンペーパー、二十一センチの上履き、白いクレヨン、買い忘れがないかスマートフォンのメモをチェックする。よし、帰ろう。

日差しの下に踏み出すと、すぐ後ろを誰かが追ってきた。

若い女の子だ。影のように横にぴったりつき、話しかけてくる。

「あの、すみません、少しお話いいですか？」

路上キャッチは無視に限る。足を速めると、相手も負けじとついてきた。

「社長の奥様ですよね？」

確かに。私が社長の妻であることに間違いはないのだが、このように呼ばれることにはまだ慣れない。中松《なかまつ》が社長になるなんて考えてもみなかったのだから。ほんの三年前までは。

「あら、社員さんでしたか、ごめんなさい」

歩みを止め、笑顔を作った。育ちがいいわけでもない、取り立てて美人でもない私にできる精一杯の上品さを装う。

声をかけてきたのは若い女の子だった。おそらく二十代前半。マスクで顔の半分が隠れていても、瞳の輝きが強く、語りたいことがたくさんありそうな顔をしている。

あ、これは何かやらかしたな。給与未払いはさすがにないだろうから、この子にとって不本意な異動か、パワハラ。だけど、夫の不始末の責任を取るなんて私には無理だ。

「ごめんなさいね、もし何か困っていらっしゃるんでしたら、私じゃなくて別の人の方がお役に立ててると思いますよ」

やんわりと拒絶したつもりだったが、今どきの子だからか通じない。アンクル丈のパンツから伸びたハイヒールの爪先で地面をつつき、ちらちらと私を見る。

「別に、そういうんじゃないですけど。ただ、社長ってご家族のこと全然話さないから、逆に会ってみたいなーと思って」

「会っても何にもならないでしょう。私は現場にはタッチしてないですし」

「そういうことじゃなくてですね。私が見てみたかったんです、奥様を。やっぱり素敵な格好されてるんですね。イメージ通り。いや、イメージ以上かも」

褒められて悪い気はしないけれど、にやけ顔は厳禁。謙遜の美徳を忘れずに。

「いいえ、私なんて全然……どうか今後ともよろしくお願いしますね。じゃ、失礼します」

帰ったら上履きに名前を書いて、宅配ボックスに多分届いているおむつを運んで、あれ、卵ってまだあったっけ……。歩き出したら、急に視界が暗転した。

「え、ちょっと！」

アスファルトに倒れかけた私を支えてくれたのは、筋肉質な腕だった。

「……あ……」

「立てます？　大丈夫そうですね。ああもう、どうして私がこんなこと」

ぶつくさ言いながら、散らばった商品を拾ってエコバッグに戻してくれた。

ありがとう。私が頭を下げると、困った顔を見せる。

「そこで休みましょう。水分摂らなきゃ熱中症になっちゃう」

指さす先にはカフェがあった。白いパラソルの下、数人の客がくつろいでいる。

腕を引かれ、空いた席に座らされた。日陰というだけで炎天下とは違い、涼しい。

「コーヒーでいいですか？　カフェラテにします？」

「え、若い方におごっていただくわけには」

「いいんです。社長からちゃんといただいてますから」

親指と人差し指で丸を作ってみせるその手つきも、その丸を望遠鏡か何かに見立ててのぞこうとするおちゃめなしぐさも、妙に魅力的だった。私にはない何かを持つ子だ。

太い茎に支えられた大輪のひまわりのようなパワーを感じさせる。

カフェラテが半分ほど減った頃には、彼女についてもう少し詳しくなっていた。

貝住愛《かいすみあい》さん、入社二年目。ショッピングセンターの施設警備を担当し、公休の日は街歩きをしていること。四つ上の姉が転勤で遠くに越してしまったこと。

「じゃ、ご両親と三人暮らし？」

「いえ、実家は田舎なので」

決して戻りたくない、そんな強い口調だった。

鳩が数羽、舞い降りてきた。通行人が落としたポップコーンをついばんでは、宙に放っている。

「仕事には慣れたんですけどね。つい服を買いすぎちゃうんですよ。今の悩みです」

「流行りのファッションを毎日見ていたら、きっと欲しくなるでしょうね」

「あっ、わかります？　わかってもらえるんだ。奥様はどうなんですか？」

「どうって？」

「悩みとか不満、実はあったりしません？　お金で解決できないようなこと」

そりゃあるに決まっているし、私が自由にできるお金は大した額じゃない。義母との同居は、始める前には想像もしていなかったトラブルの連続だ。要介護レベルを考えると、施設で暮らしてもらった方がいいのだが、なかなか話が進まない。私が一時期、介護に携わっていたこともあり、夫は「お前に任せる」の一点張り。最近では息子が学校で問題を起こすことも増え、その度に頭を下げている。ああ、誰かに聞いてもらえたら少しは気が楽になるのに。

とはいえ、この子に愚痴をこぼしたところでどうにもならない。家の恥を社員に知られることを夫は許さないだろう。今までどおり、膿は心のうちに溜めておけばいい。

愛はストローから唇を離し、憐れむような目で私を見た。

「お疲れなんですよ。買い物はネットで済ますとか、楽したらどうです？」

「すぐ必要だって言われて」

「お子さんですか？」

「もう少ししっかりしてくれればいいんですけど……」

うつむき、愛が優しい言葉をかけてくれるのを待った。

「飲み終わったんで行きますね」

「え、あら」

「ゆっくりしてってください！」

追って席を立とうとした私を制し、愛はあっという間に雑踏に紛れる。

空いた椅子をしばらく見つめ、カップの底のカフェラテをすすった。

社長の家族を見てみたいと言っていた愛だが、子どもや老親に興味はないのだろう。おそらく中松に特別な感情を持っていて、彼が結婚相手に選んだのはどんな女か見てやる、そんな敵対心で私に声をかけたのだ。

一人の上司を今も憶えている。――私が彼の下で働いていたのはほんの三ヶ月だったにも拘《かか》わらず。

当時、私は二十代半ばの派遣社員で、事務処理の速さには自信があった。それ以外のことには自信がなかった。人間関係を築き、長期にわたって維持するのが苦手だったから、一定期間で次の派遣先に移れる身分、派遣の制度が大変ありがたかった。

その職場は省庁の出先機関で、他社との競争がないせいかのんびりしていた。フロアの隅に喫煙エリアがあり、排煙設備が整っていないせいで室内にまで煙が流れてきていた。

男たちはしばしば煙草休憩をした。彼もメンバーの一人だった。

役職は課長。年は四十近いと聞いたが、年を重ねた余裕と、不思議な子どもっぽさを持ち合わせた人だった。誰かが失敗を打ち明けると、「いいよ、なんとかしておく」と受け止める。一方で、女性職員に何度駄目出しされても奇天烈なネクタイをしてくる。

彼は私の隣に来ると、唐突に言った。

「頑張ってるね。ジュース飲みに行こうよ」

正規職員の誘いだ。素直に従った。

近所のビルの喫茶店に入ると、彼はオレンジジュースを頼んだ。

「コーヒーって苦くない？　俺飲めない」

「煙草の方が苦いんじゃないですか？　吸ったことないですけど」

「吸わない方がいいよ。スモーカーになると、しょっちゅう仕事を中断するはめになる」

「それが理由？　なるほど、煙草を吸わない人はここまで来て休むんですね。私一人じゃ、入れそうにないですけど」

執務フロアのそばに禁煙の休憩所がないことを非難するような口調になってしまった。文字通り空気が悪いのを除けばおおむねいい職場ではあった。既に私の中で彼に甘えたい気持ちが生じていたのだろうか。

電話が鳴った。と思ったら彼への着信だった。

「……はい、はい。りょーかいです。うん、それで進めといて。はーい、よろしく」

調子よく切ると、どうした、と私の顔を見た。

「いえ、同じメロディなんです。私も」

「え？　ああ、電話。へえ」

マニア向けではないけれど、メガヒットでもスタンダードでもない曲を着信メロディに設定している。

ただそれだけのことで、気が合うと決めつけるのはいくらなんでも短絡的だ。でも人と人が近づくきっかけなんて、そんなものかもしれない。小さな一致に意味を見出して、他にも似ているところがあるんじゃないかと探す。

彼も私にいくらかの興味を持ってくれたのだと思う。

業務以外の話をするのは得意ではなかったけれど、聞かれるままにいろいろ答えた。たくさん笑い、うなずき、気づけばアイスコーヒーの氷が溶けて小さくなっていた。

「また来よう。あ、払うよ」

「ごちそうさまでした」

「……煙草吸うわジュース飲むわ、俺休んでばっかだな」

彼は笑った。垂れ目が強調され、優しい顔になる。

次の誘いはなかなか来なかった。ただの社交辞令だったのか、多忙にまぎれて口約束など忘れてしまったのか。

私はそれまで以上に懸命に働いた。役に立ちたかった。助かったよ、と言ってもらいたかった。

人づてに、世間話の一環として、課長には娘が一人いると聞いた。それでも気持ちは止まらなかった――。

年が離れていても、妻子がいる人でも、本気で好きになってしまうことはある。あの頃の私のように。

愛は、夫を男として好きになってしまったのだ。

中松は妙に純粋なところがあるし、現場の声を大切にする態度が、若い彼女を感動させたというのは想像に難くない。

さて愛に迫られたとして、夫は手を出すだろうか？　おそらく出さないだろう。愛のまっすぐなところを仮に愛しく思ったとしても、自分の立場を、ひいては会社を守ろうとする自制心は働く人だ。

わかっている。信じているのとは少し違う。


その夜、夫に確かめた。

「今日、駅前で社員さんに会ったよ。若い女の子」

「しっかりやってたか？」

「うん。ひまわりみたいに光ってた。服を買い過ぎちゃうのが悩みなんだって」

「なんだそれは。制服があるだろう」

勤務外の話だとわかると案の定、夫は興味をなくした。社員のプライベートには首を突っ込まない主義なのだ。愛と特別な関係にないことは明白だ。

息子はゲームで遊んでいる。宿題は終わったのかと問えば、突然キレて手足り次第物を投げたりするから難しい。

「小梅《こうめ》さーん」

階下から呼ぶ声がする。この家で私を呼ぶのは義母だけだ。

夫にもっと育児に関わってもらいたい、義母のことも話し合いたいのだけれど。


数日後、愛とまた会った。カフェのテラスで待ち伏せしていたようだ。

「お元気そうですね。今日も買い物ですか？」

「……先日はご迷惑をおかけして」

「恩を感じてるなら、私の知らない社長の一面を教えてください」

冗談とも本気ともとれる口ぶりだ。

私は日傘を閉じ、勧められるまま腰を下ろした。

「メロンパフェ、奥様の分も注文してきますね」

「え、パフェ？」

「お腹いっぱいになったら引き取ります。肉体労働ですから」

朗らかな笑顔がまぶしい。私が取り戻せないものをこの子は垂れ流すほど持っている。

水を飲んだ。年のせいか、最近は肉の脂身も洋菓子の生クリームも受けつけない。当然ながらパフェも食べられないと思っていたのに、店員が運んできたのを見ると心が躍った。

透明なグラスに包まれ、ミントの葉で飾られた完璧なスイーツ。

「食べないんですか？」

「もったいなくて」

愛がふっと笑った。

「この前、社長がデパートに連れていってくれたんですよ。パフェっていう名前が、フランス語で『完全な』って意味の『パルフェ』から来たんだって教えてもらいました」

「ああ、その話」

「え、もしかして社長の持ちネタなんですか？」

「まあね」

私が教えた。結婚が決まって次のデートで、背徳感を押しつけるように、あえて話をした。かつて愛した人から聞いた、パフェの語源。

若い私が心に書き留めた蘊蓄《うんちく》は巡り巡って、どこまで届くのだろう。

愛は見る見る機嫌を損ねた。

「私は、社長がいるから、この会社を受けたんです。警備業界なんて最初は考えてなかったけど、社長の下で働きたくて。社長は私たち社員を家族みたいにかわいがってくれるんです」

中松、あなたずいぶん慕われてるのね。

でも、いずれは愛も同世代の誰かとつき合い、五十男に惹かれていた過去を封印する。そして少し得意そうにパフェについて語るのだろう。そんな空想をして、はっとした。

あの人も奥様から聞いたのかもしれない。完璧なデザートを、向かい合って食べながら。あの頃の私には勇気がなかった。好きになった人に家族がいると聞いても、存在しないものとして無視を決め込んだ。見える部分だけ見つめて、すべてを知ろうとはしなかった。

精一杯愛したつもりだった。

でも、年月を経てわかる。私たちの愛は、完全じゃなかった。

ふと視線を感じて顔を上げると、パソコンの向こうから課長が私を見ていた。片手を筒の形にして口元に運ぶ仕草をしてみせる。ジュース？

席を立ち、エレベーターで下に降りると、いつもの喫茶店に入った。

「今月までだっけ」

「あ、はい」

派遣期間は最後の一ヶ月に入っていた。

「そうか、俺は、……さんと桃のパフェを食べることはないのか」

私の旧姓はありふれたものだったけれど、彼が呼ぶときだけ特別な響きを持って聞こえた。

――桃のパフェって？

――ん、この店ね、八月の間だけ桃のパフェを出してくれるんだ。絶品なんだよ。

――へえぇ。食べに来ようかな。

きっと実現しない、ちょっとしたたわごと。その頃には私は次の職場に移って、新しく憶えるべきことで頭がいっぱいのはずだから。

――知ってる？　パフェって名前の語源。フランス語だよ。『完全な』って意味の『パルフェ』からついたんだって。

彼の博識にときめいたつもりはなかった。でもその豆知識は、私の中に深く記された。

トラブルが起きたのは、最終日だった。淡々と業務を終え、タイムカードも押した後、部署の電子データが消えるという事態に見舞われた。

不意の残業に対応したメンバーも終電時刻を気にしながら一人また一人と帰っていき、課長と私だけが残った。

「とんでもない送別会になっちゃったな。送ってくよ。その前に何か食べるか」

居酒屋のような店に入ったのだと思う。なぜかそのあたりの記憶は定かではない。

タクシーに乗った。

「……実家住まいだっけ」

「いえ、同居人と二人ですが、最近あまりいないので」

「男？」

「違いますよ。女友達と普通に部屋を分けて暮らしてます」

当時、彼氏ができたばかりの同居人は、部屋を空けることが多かった。その晩もそうだった。

手の上にそっと手を乗せられ、振り払えなかった。私が拒まなければ、この人は家に帰れなくなる。

だけど私には今しかない。朝が来たら、何もかも終わる。

タクシーが停車した。

「私のこと子どもだと思ってますか？」

「いや。出会う順番を間違えたんだと思ってる」

静かな一瞬の後、彼は料金を払い、タクシーを降りた。逆のドアから私も降りた。

去ってゆくテールランプを二人で見送った。

最初から決まっていたのかもしれない。派遣された初日から、私の目的地はこの夜だったのか。間違っているとわかっていても、正しい方向から遠ざかってふらふらと。

「星、すごいよ」

見上げようとすると、口づけられた。夜空の下、陶然としながら鞄の中の鍵を探った。

幸福すぎて、胸が鳴りっぱなしだった。


愛はパフェグラスにスプーンを突っ込み、クリームもメロンアイスも全部混ぜてしまった。

「ほら、こうすれば上も下もないです」

「すごい食べ方ね……」

「さなぎも中身ぐちゃぐちゃぐちゃらしいですね」

ものを食べながら言うことか。顔が引きつるのを感じながら、うなずくにとどめた。

「……奥様」

「何かしら？」

「言いにくいんですけど、ヒールのかかと、取り替えた方がいいですよ。底がすり減って歩きにくいんじゃないですか」

「え、靴……？　私の？」

「やっぱり。気づいてなかったんですね。あと、シャツの袖口もほつれてます。そういうところ、意外と他人の目につくんですよ。せっかくの高級なお召し物なのに」

あわてて右、左、と袖口を確かめた。愛の言うとおりだ。とんでもなく恥ずかしい。

「嫌ねぇ、最近忙しくて、お直しに行く暇がなかったの」

言い訳のように口走ってスプーンを差し入れると、パフェグラスが倒れた。

「――」

ガラスが割れる音の後、耳鳴りが残った。

いとも簡単にバランスを崩してしまうのに、完全だなんて笑わせる。

テーブルにこぼれた残骸は、成長に失敗して命を終えたさなぎのようにも見える。

外はガードしているのに、中はぐちゃぐちゃだなんて、まるで……。

そう、私は完璧を目指してきた。社長夫人として誰が見ても完全な妻になりたかった。

でも無理だった。外見だけ取り繕っても、所詮は庶民。さしたる能力もない。義母の介護に悩み、息子に振り回され、心はとっくに限界を超えている。

それでも私は中松の妻という地位を守りたい。手に入れた幸せを壊されたくない。忘れられない記憶を抱えたまま、今そばにいる人と寄り添っていくしかない。

「私、社長のこと好きになっちゃったんです。ごめんなさい」

愛が告げた。宣戦布告というよりも、膨れ上がった気持ちを一部手渡すような、どこか途方に暮れた声だった。

これは代償だ。若い自分の過ちが罪に問われているのだ。

あの夜、奥様は一睡もせずに待っていただろうか。帰ってきた夫を疑いつつも、娘に知られるわけにはいかないと、胸に留めておいただろうか。不貞を問い詰め、家庭が崩壊したりはしていないと思いたいけれど——確かめようがない。二度と会うつもりはない。ごめんなさい。苦しめてごめんなさい。旦那さんを好きになってしまってごめんなさい。

愛が私の声で言う。

私は耳をふさぎ、内側から崩れていくような感覚に耐え続けた。

# フォーチュン・スノーボール

矢凪

藤守《ふじもり》高校、通称、藤高に入学して一週間。三栗谷明希《みくりやあき》はあることで悩んでいた。

陽当たりが良い窓際一番後ろの席になって授業中に睡魔に襲われることや、同じ中学出身の知り合いがクラスに誰もいなかったのと、引っ込み思案な性格が災いして、なんとなく馴染めずにいることも、問題といえば、まあ問題ではあったが――。

(なんで、男子部員が一人もいなくなってるんだ……!)

隠れスイーツ男子である明希が藤高を志望した一番の動機は『クッキング部』があるからだった。スイーツ男子といっても、明希は甘い物をただ食べたいだけでなく、自分で作って食べることが好きなので、クッキング部は作りたい欲と食欲、その両方を満たせる、明希にとってはもってこいの部といえた。

そもそも、藤高にそんな魅力的な部活があると知ったのは偶然で、同級生に誘われて訪れたオープンキャンパスを兼ねた藤高祭でだった。藤高は下町にある共学の都立高校だが、自由な校風と部活動が盛んなことで人気が高い。特に文化部の種類が豊富で、茶道や華道といったトラディショナルな部から、最近できた競技かるた部や書道パフォーマンス部など、幅広いジャンルから選べるのがウリになっていた。

そして明希のお目当てのクッキング部。二年ほど前から、スイーツコンクールに挑戦するという目標を掲げるようになり、実用的でおいしい、人気の文化部のひとつになったらしい――という情報を見学を通して知ると同時に、複数の男子部員が存在していることを確認済みだった。クッキング部＝《イコール》女子の部活、という固定観念にとらわれずに活動している生徒たちを見て、明希はこの高校なら男でも気にせずクッキング部に入れて、楽しい部活動ライフを送れそうだ、と大いに期待していたのだ。

　ところが、蓋を開けてみれば男子部員はゼロ。

　藤高祭の時に『執事喫茶』と称した休憩コーナーで盛り上がっていた男子生徒たちは全員三年生だったらしい。オリエンテーションの部活動紹介で、新部長となった女子生徒が、「去年までは男子部員も結構いたけど、今はいない」と説明した瞬間、明希は耳を疑った。さらに追い打ちをかけるようにアピールされた、顧問がイケメンというオマケ情報に、女子だけが食いついている様子を見て、落胆せざるを得なかった。

　ちなみに、明希のお菓子作り歴は十年近くになる。

　きっかけは子供向けの料理番組を見たことで、小学生になる頃には作り始めていた。最初は粉末にお湯を入れて混ぜ、カップに注いで冷蔵庫で数時間冷やすだけで完成するような、ゼリーやプリンだった。そこから、少しずつステップアップしていき、今では洋菓子類ならレシピを見れば大体作れる。なかでも、作るのも食べるのも特に好きなのは、手軽につまめるクッキーだ。

さて、体験入部期間三日目の今日。明希は悩んだ末に校舎二階の一年三組の教室から三階の突き当たりにある調理室の近くまで向かうと、陰に隠れて立ち止まり、鼻をクンクンとひくつかせていた。

(ああ……今日も甘くて香ばしい、いい匂いがしてる……)

体験入部しに来た新入生向けのデモンストレーションなのだろう。引き戸の覗き窓のところに『今日のメニューはチョコチップクッキーだよ☆』とカラフルかつ丸っこくてかわいらしい字体で書かれたポスターが貼られているのが見える。そして調理室からはキャアキャアと甲高く賑やかな女子たちの声が廊下まで響いていた。

やはり、あの乙女たちの群がる秘密の花園的な場所に男一人で飛び込む勇気は出ない。

明希がやっぱり今日もダメだ……と、ため息をつきながら踵《きびす》を返した時、向かいから歩いてきていた三人組の男子のうちの一人とすれ違いざまにぶつかってしまった。

「いってぇ!」

「あっ、すみません!」

相手はラグビーや格闘技でもやっていそうな雰囲気の大柄な男子生徒。対する明希は身長一七〇センチ、筋トレを欠かさないので引き締まった体つきではあるが、気迫の面で押し負けた。入学早々、騒ぎを起こしたくないと、明希はすぐさま逃走体勢になる。

相手の顔はあまり見ていなかったが——。

「あれ、お前って、えーっと、三栗谷だっけ？」

突然そう話しかけられ、明希は足を止めて振り返る。とっさに体格の良さにビビってしまったが、よく見れば同じクラスの……どころか、明希の右隣の席に座っている男子生徒だったことに気づく。名前は確か——。

「……眞鍋《まなべ》、くん？」

「おう、眞鍋大我《たいが》な。三栗谷はここで何してんの？　俺らは部活巡りしてんだけど」

これまで、なんとなく怖そうなイメージがあって話しかけたことはなかったが、意外と気さくに話しかけてくるので少し驚く。しかし明希は、まだ親しいわけではない相手にいきなり事情を打ち明けることができず、口ごもった。

「えっと……ちょっと急いでいるので、失礼します！」

そう言って脱兎のごとく逃げ出した。背後で大我と共にいた二人——まったく見覚えがないので、おそらく別のクラスの男子生徒だ——が、「なんだよアイツ、感じ悪くね？」と吐き捨てるように言うのが聞こえ、明希はサッと青ざめた。

（やばい、怖そうな人たちに目つけられたかな……？）

隣の席なので、明日会った時に気まずいことになりそうだったが、後の祭りだった。

明希の家は藤高の最寄り駅から二駅隣の閑静な住宅街の一角にある。明希が小六の春に、共働きの両親が頑張って購入した庭付き二階建ての一軒家だ。

玄関に入ると、先に帰宅していた二歳年下の妹、笑美《えみ》がリビングから廊下にひょこっと顔だけ覗かせた。

「お兄ちゃん、おかえり〜。今日こそ、入部できた？」

そう尋ねてくるが、純粋に兄のことを心配しているわけではない。兄に負けず劣らず甘い物好きの彼女の目的は――推して知るべし。

「ダメだったから、おみやげは何もないよ」

苦笑いしながらそう答えると、笑美は「そっかー」と残念そうにつぶやいた。そして、明希がリビングには入らず、そのまま二階の自分の部屋へ行こうとした時だ。

「それでも食べて元気出しなよ！」

そう言って不意に投げられた物を片手でキャッチすると、それは卵形のプラケースに入った糖衣チョコだった。妹の気遣いに感謝しながら自室に戻ると、明希はすぐ部屋着に着替えてベッドにダイブした。すると、慣れない高校生活と部活のことで悩んでいた疲れが出たのか、気づけばそのまま寝落ちしてしまった。しかも帰り際の出来事が頭に残っていたのだろう。小五の学年末にあった嫌な出来事を再現するような、悪夢を見てしまった。

その事件はホワイトデーの日の放課後の教室で起きた。

当時の明希はまだ身長が低く、それでいて甘い物を食べ過ぎていたせいで、いわゆる、ぽっちゃり体型だった。とはいえ、当時は名前の由来通りの希望に溢れた明るい性格で、イジメられるようなこともなく、平和な生活を送れていたのだった。その日までは。

その日の放課後、義理チョコをくれた何人かの女子へのお返しとして、明希は一口で食べられるサイズのマドレーヌを作って隠し持っていた。そしてそれを渡しているところを、運悪く、普段あまり遊ぶことのない男子グループに見られてしまった。それも、口が悪かったり乱暴だったりして、明希が苦手としていた子たちにだ。

「チビデブのくせに、お菓子作りとか気持ちわりぃ〜」

「ほら、名前も女みたいだし、実は女なんじゃね？　な、あきちゃ〜ん」

その時にぶつけられた体格や趣味に関する暴言の数々は、もともと少し気にしていたことでもあったので大打撃だった。翌日から、その子たちが怖くて登校できなくなった。

なんとか立ち直れたのは、隣町に建てた家に引っ越すことになり、転校して心機一転やり直すことができたからと、妹からのアドバイスのおかげだ。

「悔しかったら運動して鍛えて痩せて、意地悪なこと言ってきた奴らより強くてカッコイイ奴になればいいだけじゃん。ていうか、料理上手でカッコイイお兄ちゃんになったら、わたしも友だちに自慢できるようになるんだけどな〜」

小さい頃から仲の良い妹にそう言われ、兄心をくすぐられた明希は奮起した。毎日、筋トレをしたりランニングをしたりして、中二になる頃には身長もぐんと伸びて、妹から『合格』を言い渡された。ただし、その事件があってから明希は、お菓子作りが趣味であることをおいそれと他人には明かさなくなった。新しい小学校でも中学校でも明希の本当の趣味を知る者はいなかっただろう。

——目を覚ました明希は、全身汗だくになっていることに気づき、ため息をついた。

何度見ても嫌な夢だ。現実にあったことなのだが——と、自嘲気味に笑みを浮かべてからハッと我に返る。十九時を過ぎていることに気づいた明希は、慌てて一階に下りると、お腹が空いたと騒ぐ妹と夜遅く帰ってくる両親のため、夕食を作り始めた。

そして夕食の片付けまで終えた後、明希はキッチンにある自分専用の棚の扉を開けた。

「さて、作るか……」

棚の中には、お菓子作りのための調理器具や、製菓材料がずらりと並んでいる。気分転換したい時は、お菓子を作るに限る。高校受験前にもリフレッシュと脳への糖分補給と称し、焼き菓子を作ることが多々あった。

明希は棚から薄力粉とアーモンドパウダー、粉糖の袋を取る。夕食を作る時に冷蔵庫からあらかじめ取り出して常温に戻しておいた無塩バターと、帰宅した時に妹がくれた糖衣チョコも用意した。作ろうとしているのは、スノーボールクッキーだ。

スペイン発祥の焼き菓子で、フランスではブール・ド・ネージュとも呼ばれている。口に入れるとサッと舌の上で溶けるようなホロホロとした食感と、アーモンドの香り、周りにかかっている真っ白な粉糖が特徴の、雪玉のように丸くてコロンとした、小さなクッキーである。今日は糖衣チョコをランダムで仕込んで、アタリとハズレがあるようにするつもりだった。かじると中からおみくじが出てくることで有名な『フォーチュン・クッキー』と名前をかけて、明希は『フォーチュン・スノーボール』と呼んでいる。

明日、このクッキーを持っていき、放課後に食べた時、一個目にチョコ入りが出たら、勇気を出して調理室のドアを叩き、入部届を提出するのだ。

運任せというのが情けなくもあるが、自分を奮い立たせるためにそう決めていた。

バターと粉糖にひとつまみの塩を入れてふんわりするまでしっかり混ぜた後、薄力粉とアーモンドパウダーをふるい入れ、今度はサックリと混ぜる。そうして一旦、生地をひとまとめにして冷蔵庫で休ませる間に、入浴を済ませた。

オーブンの予熱を開始すると同時に生地を手早く一口サイズに丸め、オーブンシートの上に並べていく。予熱が完了したら、一六〇度で十八分焼いて完成だ。

粗熱が取れてから透明なラッピング袋に詰め込み、ワイヤータイで留める。二十四個のうち糖衣チョコ入りのアタリは十二個……二分の一の確率にしておいたのだった。

そうして迎えた翌日――。

隣の席の大我は、家の事情だとかで昼休み直前の授業中に遅刻してきたので、前日の放課後の件にいきなり触れられることはなかった。しかし、昼休みになった時のこと。

「あ、やっべぇ、嘘だろ……」

鞄の中を見てから困った様子でつぶやいたのを、隣にいた明希は聞き逃さなかった。引っ込み思案ではあるが、困っている人を放っておくこともできない性格なのだ。

「ど……どうしたんですか？」

おそるおそる尋ねてみると、大我は明希の方から話しかけてきたことに驚いた表情を見せてから苦笑いした。

「いや、弁当忘れちまってさ。しかも、見ろよコレ……」

そう言われ、中が見えるように向けられた黒い皮財布の小銭入れをそっと覗き込んだ明希は事情を察する。そこには十円玉が三枚しか入っていなかった。その状態を見せるということは、当然、お札の方も一枚も入っていないのだろう。

「遅刻した挙げ句、昼飯も抜きとかダッセーな、俺……」

自嘲気味に笑いながら天を仰いだ大我に、明希は自分の鞄から弁当箱を取り出す。

「あの……僕の弁当で良ければ、少し分けましょうか？」

明希としてはかなり勇気を振り絞ってそう提案したのだったが、大我は豪快に笑って首を横に振った。

「いや、弁当貰うなんて悪いって。ま、一食くらい食べなくても平気だからさ！」

しかしそう言った瞬間、大我のお腹が盛大に空腹を主張した。

「うっわ、俺の腹！　空気読めよな！　くっそ、恥ずかしーな！」

その口ぶりに明希は思わずクスッと笑ってしまってから、大我の『弁当貰うなんて』という先ほどの言葉に引っかかりを覚えた。

「じゃあ、弁当じゃなければ、いいんですか？」

気づけば明希はそう尋ねながら、自分で食べるために持ってきていたクッキーの袋を鞄から取り出していた。昨日の放課後、廊下でぶつかってしまった時に、失礼な態度を取ってしまったお詫びをしたいという気持ちもあったからだ。

その途端、大我の目がキラリと輝いた。

「あっ、そうだな……うん。それなら、言葉に甘えて、貰おうかな？」

どこか照れくさそうに言う大我に明希は頷くと、袋の口を開けて差し出した。

太くてがっしりとした指で、小さなスノーボールをひとつつまんで口に運んだ、次の瞬間――大我はカッと両目を見開き、うまい、とつぶやいた。と同時に、カリっという糖衣チョコが砕ける音が大我の口元から聞こえ、明希は小さく息をのむ。

（一個目がアタリだったら、入部届を――。いや、でも食べたのは僕じゃない……）

困惑している明希をよそに、大我はクッキーの味に激しく感動していた。

「これ、夢印良品《ゆめじるしりょうひん》で売ってるブール・ド・ネージュに似てるけど、違うよな？」

大我のその言葉に今度は明希が驚いた。まさかその名前を知っていて、しかも食べた瞬間に名称のひとつを言い当てられるとは思ってもみなかったからだ。

「ち、違います、けど……」

「だよな。普通のにはチョコなんて入ってないし……。じゃあこれ、どこの店のやつ？」

市販品だと思い込んでの質問に、明希は自分で作りましたとは言い出せず、口ごもる。

その様子を大我は変な方向に勘違いしたらしい。急に声をひそめると内緒話をするように顔を近づけてきた。

「もしかして、他の奴に知られたくないような秘密の店なのか？　俺、実は、めっちゃ甘党でさ、クッキーとかに目がないんだよ……」

　そこまで言われては、もう諦めて真実を告げるしかない。笑われるかもしれない、と明希は覚悟してから、思い切って打ち明けることにした。

「それ作ったの……僕です。チョコは入ってるのと入ってないのがあって……アレンジっていうか、フォーチュン・クッキーみたく、運試し用に作ったというか……」

　緊張のあまり声が震えた。が、大我の反応は明希にとって予想外のものだった。

「マジで!?　すげぇな！　三栗谷って実は、プロの菓子職人かなんかなの？」

「えっ……笑わないんですか？　男が菓子作りとか……」

　自虐的にそう言った明希に、大我は不思議そうに首を傾げる。

「何言ってんの、こんなうまい菓子作れるとかすっげーよ。しかもチョコもイイ感じだし、自信持っていいレベルだぞ。スイーツ好きの俺が言うんだ、間違いない！」

　大真面目でそう説明する大我に、明希はポカンとした。そんな時、昨日、大我と一緒にいた二人組の男子が廊下から入ってきた。別のクラスのようだが、大我とは親しげな様子でハイタッチして挨拶しあう。

「こいつらとは中学が同じだったんだ。一組の久護《くご》と、原田《はらだ》な」

「ちーっす！　久護翔太《しょうた》ッス！」

「原田拓馬《たくま》でーす。よろしくーって、アンタ、昨日ぶつかってきた奴じゃん？」

二人からの鋭い視線に、明希は気まずそうに頭を軽く下げる。その時だ。久護が明希の持っていたスノーボールに目を留めた。

「何その白いやつ？　お菓子？」

「聞いて驚け！　三栗谷が作ったクッキーなんだけど、神レベルのうまさなんだよ！」

大我がぶっちゃけた瞬間、明希は再び身を固くした。大我に悪気はないのだろうが、簡単に秘密をバラされては心臓がもたない。そして明希は直感的に二人を警戒した。

「え、そのクッキー、手作りなの？　男のくせに女子力高いとかウケる！」

「ホントホント〜！」

そう言って笑われた瞬間、明希は小学生の時の記憶がフラッシュバックし、血の気が引いてうまく息ができなくなった。言い返すこともできずにいた明希だったが、二人の言動に、大我の方が突然キレて立ち上がる。

「おい、菓子作りのうまい奴、バカにすんなよ！　それに、男のくせにとか言うなら、ウチの店の親父のラーメン、お前らには二度と食わせないからな！」

その言葉に明希は驚いて目を瞠る。と同時に、心の中にあったしこりのようなものが、スッと解けていくような気がした。それはまるで、スノーボールの口溶けのように。

じわじわと嬉しさが込み上げてきて、大我に感謝の気持ちを伝えようとした時だ。

「眞鍋がそこまで言うなら、ちょっと味見させろよな！」

ムッとした様子の原田が断りもなしにクッキーの袋に手を伸ばしてきた。ひょいっと一個、口に放り込み、続けて久護の口にも半ば強引に一個押し込んだ次の瞬間――原田の方からだけカリッと糖衣チョコが砕ける音が聞こえ、明希はビクリと肩を震わす。

「なにこれ、チョコ入ってんだけど、アタリ？」

「うっそ、俺の何も入ってない！　ちぇっ、ハズレかよ～！」

「やーい、じゃあ、久護は罰ゲーム！　スクワット百回な～！」

原田が悪ノリして言い、久護が不満げに口を曲げた瞬間、明希の中で何かがキレた。

大我の先ほどの言動に背中を押されたのかもしれない。スッと立ち上がり、原田と久護の二人をキッと睨みつけた。

「あの！　このクッキーは誰かを嫌な気持ちにさせるために作ったわけじゃないので、罰ゲームとかやめてくれませんか！　僕は確かに男ですけど、菓子作りが好きですよ。それと、作ったものは喜んで食べてくれる人にしか、あげたくないです！」

一見おとなしそうな明希が静かに怒りを顕わにしたことに、久護と原田は驚いて顔を見合わせる。大我も少し驚いたようだったが、すぐに明希の言葉に「そうだそうだ！」

と援護するように頷き、久護と原田の頭を順番にペシペシと叩いていった。

「お前らホント、ないわー。三栗谷と、このおいしいクッキーに謝れってんだよ！」

大我にも呆れられ、久護と原田は「ごめん、悪かった」と二人揃って頭を下げる。

「で、お前ら、クッキーを食べた感想はどうなんだよ！」

そんな無理やり聞かなくても……と明希は苦笑するが、二人は調子よくパッと表情を明るくした。

「あんまり食べたことない感じで、すっげぇうまかったよ。な、原田！」

「確かに、俺ら普段こういう洒落《しゃれ》た菓子食わないけど、もっと食いたいッス！」

そうした四人のやり取りに、いつの間にか教室にいた他の生徒たちの視線が集中していた。遠巻きに見つつ、みんなも明希のクッキーが気になっている様子だ。

そこでふと大我があることに気づいて「あ、そうか。もしかして」と声を上げる。

「昨日、三栗谷が調理室の近くにいたのって、クッキング部が目当て……？」

ずばり言い当てられ、明希が恥ずかしくなって俯いていると、大我は教室内をキョロキョロと見回し、一人の女子生徒を見つけて手招きした。

「川野《かわの》〜、昨日お前らが探してたのにピッタリの人材、発見したぞ！」

そう呼ばれて近寄ってきた女子が、明希に期待のまなざしを向ける。

「三栗谷くん、お菓子作りが得意なの？　じゃあ、クッキング部に入らない？　顧問の先生が、今年こそスイーツコンクールで入賞したいって燃えてて、腕が立つ人を募集中でさ。もちろん、無理にとは言わないけど……」

大我たちはどうやら昨日のあの後、クッキング部に体験入部してきたらしい。

まさかの願ってもない部員からのお誘いに、明希が動揺して言葉を出せないでいると、大我がニヤッと笑って勢いよく挙手した。

「はいはーい！　俺もクッキング部入る！　味見係なら任せろよ。ラーメン屋の仕込みの手伝いで鍛えられたこの繊細な舌は伊達じゃないぜ～」

主に食い気からなのだろう、勧誘に便乗した大我の言葉に、周囲が笑いに包まれる。その温かい雰囲気と大我の宣言に背中を押され、明希の胸の中に勇気が芽生えた。

「じゃあ……僕も、入ります……」

明希が震える声でそう言って頭を下げると、大我はどこか満足そうに白い歯を見せて豪快に笑った。もしかしたら、たった一人の男子部員になってしまうという不安から、入部をためらっていたことに気づいていたのかもしれない。

「よしきた！　じゃ、川野にもお近づきの印にってことで、一個貰ってもいいか？」

と、明希の作ったクッキーの袋に手を伸ばした大我に、明希は思わず笑ってしまう。

「もう……あんまり食べられたら、僕の分がなくなっちゃうんだけど……」

そう言いつつ、他にも欲しそうに見つめてきたクラスメイトたちに配っていくことになり、あっという間に袋は空っぽになってしまった。

けれど、結果オーライだ。ここ数年抱えてきたトラウマと、入学以来の悩みをすべて解かしてくれた『幸運の雪玉《フォーチュン・スノーボール》』に、明希はこっそり涙ぐみながら感謝する。もちろん、きっかけをくれた大我にも――。

そうしてこの年、クッキング部の一年生は秋に開催されたスイーツコンクールへ出場して決勝まで勝ち進み、脚光を浴びることとなるのだったが、それはまた別の話――。

この物語はフィクションです。
実在の人物、団体等とは一切関係がありません。
本作は、書き下ろしです。

# インスタントラーメンとクレームブリュレ／えもじょわ

私が料理人を目指したのは祖父のひと言がきっかけでした。

祖父のために昼食を作ってあげた時の事。

それは料理と言えるほど立派なものではなく、野菜炒め入りのインスタントラーメンでしたが、それを食べた祖父は満面の笑みを浮かべ、「お前は料理の才能がある」と一言。その時の私はただ笑い返しただけでした。しかしその後もなぜかその祖父の言葉がずっと心に残り続けていたのです。

高校卒業間近に自分の進路を決める時にもその小さな出来事がきっかけとなり料理人になることを決めました。それから料理学校に入学し様々な料理を学んでいましたが具体的に自分がどんな料理の道に進むかということはまだ決めかねていました。

そんなある日、料理学校の掲示板でフランス料理店の洗い場のバイトを見つけ応募しました。バイト先のレストランの厨房に行くととんでもない量の洗い物が積まれていました。厨房内の洗い場なのでお皿ではなく、大きな鍋や調理器具が見たことないくらい山積みになっていました。

数時間必死に洗っても次から次に洗い物が運ばれてくるハードな仕事でした。体がすっぽり収まるような大きな鍋を洗い、油まみれのフライパンを洗い、焼けた生地が張り付いているお菓子の型を洗いました。洗い場が一段落すると次は仕込み作業に呼ばれます。その時の私は料理の仕事をひとつでも覚えようとしていたので実際に料理の手伝いをするのはとてもありがたい事でした。

シェフは右も左もわからない私に説明しながら、手際よく仕事をこなしていました。シェフの説明が終わると、実際にやってみろと言われ助言をもらいながら仕込み作業を手伝い、その翌日の同じ作業では改善点を教えてもらい、少しでもできるようになれば褒められました。この厨房の壁には、「やってみせ、言って聞かせて、させてみて、褒めてやらねば、人は動かじ」という言葉が貼ってあったのを今でも覚えています。シェフはその通りに私に仕事を見せ説明し、「失敗してもいいからやってみなさい」と作業をやらせてくれました。

私はこの厨房で働くことがすっかり楽しみになっていました。

私がフランス料理の道に進もうと思ったきっかけはこのような体験ももちろんあ

りますが、このレストランで食べた「クレームブリュレ」がきっかけでもあります。現在は一般的に認知されているデザートですが、当時はフランス料理店などでしか食べられなかったデザートです。このレストランのクレームブリュレは焼きごてで砂糖をキャラメリゼして作るのでキャラメルの層が薄くて歯触りが良く、生地は滑らかで卵黄や生クリームの配合が多く濃厚な味でした。これまで味わったことのない食感とその美味しさに衝撃を受け、こんな美味しいものがあるフランス料理を学びたいと思いフランス料理店で働きたいと決意したのです。

料理学校の卒業間際、このバイト先のシェフからの紹介で他県のフレンチレストランで働く事になりました。そこでは、料理人になった事を後悔するほどの激務で、朝7時から23時過ぎまでろくな休憩もなく働きました。その後も様々なレストランで働きましたがどの店でも激務は変わらず、3か月休みなく働いて体調を崩し、点滴を打ちながら厨房に立ったこともあります。仕事から帰ってきてご飯を食べ始めると寝てしまうほどいつも疲れ切っていました。

何軒かの別のレストランでも働いていく中で、そのレストランのシェフのやり方、色々な料理法、料理に対する様々な考え方を学びました。フレンチレストランでは実際にフランスで仕事をした経験を持つ人が多く、フランスについての様々な話を聞くうちに、自分もフランスで働きたいと思うようになりました。日本のレストランでもフランス料理のレシピや調理方法はフランス語で書かれる事が珍しくありませんが、フランスで働く為には日常会話も必要なため、週一回の休みの日にフランス語の個人レッスンを受けたり、仕事の合間にフランス語の勉強もしていました。

そうして偶然にもパリで働ける機会をもらえる事になったのです。

パリで借りたアパートは寝るためのマットレスを敷くとドアが開かないほど狭く、さらに、建物が古くドアの建て付けが悪いので、開け閉めのたびに四苦八苦し、廊下の螺旋階段は大きく歪んでいて歩きにくく、シャワーからはぬるま湯しか出てこない、など文句を言うときりがありませんが、とにかくお世辞にも快適とは呼べない環境でした。それでも、パリに住みながら仕事ができるというだけで充実感を感じていました。見るもの、口にするもの全てが新しく、カフェのエスプレッソの香りや、パン屋の焼き立てのクロワッサンのバターの匂い、それらを感じながら歩くだけで毎日幸せな気分でした。

レストランのスタッフはフランス人だけでなく多国籍な構成でした。フランス語を勉強して来たとは言え、まだまだ流暢に話せませんでしたが、日本でもフランス料理を学んでいたので仕事面ではそこまで困ることはありませんでした。フランスに来てから食べた現地のフランス料理は、他国の調理法や食材を自在に取り入れ皿の上に自由に表現する、その遊び心や柔軟性が非常に高いと感じました。

フランスでは日本料理についての評価も高く、日本の調理法に興味を持つフランス人シェフも多いです。日本の調理法や日本の食材が実際にレストランのメニューに取り入れられる事も珍しくありません。

仕事以外には同僚の田舎に一緒に遊びに行ったり、週末にフランス人家族の自宅で夕食を共にしたり、大晦日のパーティーに呼ばれたりと、フランスの文化やマナーもたくさん学びました。他国の料理を吸収しながら様々な料理を生み出し続けるフランス料理ですが、それでも自分にとって今でも特別なのは、あのクレームブリュレでした。本場フランスのクレームブリュレのレシピも覚え、行った先のレストランにクレームブリュレがあれば注文し、クレームブリュレの原型とも言われるスペインのカタラーナも現地で食べました。それでも、日本で最初に働いたレストランの洗い場でずぶ濡れのコックコートの袖をまくり、洗い物をしながら食べたあのクレームブリュレの感動を超えるものには出会っていません。

それだけあのクレームブリュレは私の人生に大きな影響を与えました。

美味しいものを食べた時の記憶は何年経とうが残り続けることがあります。

そんな記憶に残るような美味しいものはレシピに書きとめ、その通りに作っただけでは完成はしないのかもしれません。

大事な人、周りの人を大切にし、それを料理にも表す事が美味しい料理の根幹なのでしょう。

# PROFILE 著者プロフィール

パウンドケーキが好きでサプライズが嫌い
## 鳩見すた
第21回電撃小説大賞《大賞》を受賞しデビュー。著書に『ひとつ海のパラスアテナ』(電撃文庫)、『アリクイのいんぼう』(メディアワークス文庫)、『こぐまねこ軒』(マイナビ出版ファン文庫)など。

いつかヒロインに
## 朝比奈歩
東京在住。最近はじめたビオトープ。なぜかタニシが増殖して困惑中。著書に『嘘恋ワイルドストロベリー』。『たちまちクライマックス』の1、2、4に参加。どちらもポプラ社刊。

苺味の追憶
## 冬垣ひなた
作家養成スクールへ時折通いつつ、様々なジャンルのヒューマンドラマ小説を中心に、投稿サイトで執筆活動中。スイーツは大好物です。泣ける話シリーズは創刊時から全巻愛読しています。コンテストに受賞して夢が叶いました。

たいやき、恋々
## 一色美雨季
『浄天眼謎とき異聞録～明治つれづれ推理～』で第2回お仕事小説コングランプリを受賞。その他著書に『吉原水上遊郭まやかし婚姻譚』(ポプラ文庫ピュアフル)など。美雨季名義でノベライズも手掛ける。

おとなさまゼリー
## ひらび久美
大阪府在住の英日翻訳者。『福猫探偵～無愛想ですが事件は解決します～』『Sのエージェント～お困りのあなたへ～』(ともにマイナビ出版ファン文庫)のほか、恋愛小説も多数執筆。我が家のキッズは絶賛W反抗期……。

真夏のエトワール
## 田井ノエル
愛媛県在住。十年ぶりに大河ドラマで推しが供給され歓喜してます。第六回ネット小説大賞を受賞しデビュー。著書に『道後温泉 湯築屋』シリーズ(双葉文庫)、『大阪マダム、後宮妃になる!』シリーズ(小学館文庫)、『転生義経は静かに暮らしたい』(角川文庫)など。

スイーツアクター
## 溝口智子
福岡県出身、在住。お酒をこよなく愛す。好きなツマミは餃子と焼き鳥。福岡の焼き鳥屋でなくてはならない豚バラが、ほかの地方では焼き鳥屋には置かれないと知りショックを受けた。豚足も好物。

お帰り、こたつ
## 杉背よい
著書に『あやかしだらけの託児所で働くことになりました』(マイナビ出版ファン文庫)、『まじかるホロスコープ☆こちら天文部キューピッド係』(KADOKAWA)など。石上加奈子名義で脚本家としても活動中。

きっさこ
ロールケーキ

## 国沢裕

5月24日生。神戸在住。日本心理学会認定心理士。拳法有段者。懸賞マニア。『魔女ラーラと私とハーブティー』『迷宮のキャンバス』(ともにマイナビ出版ファン文庫)のほか、恋愛小説も多数執筆。読書と柑橘類と紅茶が好き。

絆の味を噛みしめる

## 桔梗楓

恋愛小説を中心に執筆。趣味はコンシューマーゲームとレジン制作。著書に『河童の懸場帖東京「物の怪」訪問録』(マイナビ出版ファン文庫)、『京都北嵯峨シニガミ貸本屋』(双葉文庫)ほか。

#ショートケーキ

## 霜月りつ

ケーキだとやはりいちごのショートケーキが好きです。チーズケーキはレアよりベイク。チョコやムースは苦手です。どっちかというとせんべい派。著書に『神様の用心棒』『神様の子守始めました。』『あやかし斬り』など。

完璧なスイーツ

## 朝来みゆか

今回の参加を持ちまして、作品発表をしばらくお休みいたします。充電を経て、活動を再開するときには、どうかまたお目にかかれますように。(既刊も楽しんでいただければ嬉しいです。よろしくお願いします!)

フォーチュン・スノーボール

## 矢凪

千葉県出身。ナスをこよなく愛すフリーライター。『茄子神様とおいしいレシピ』が「第3回お仕事小説コン」で優秀賞を受賞し書籍化。柳雪花名義の著書に『幼獣マメシバ』『犬のおまわりさん』(竹書房刊)がある。

インスタントラーメンとクレームブリュレ

## えもじょわ

フランス在住の料理人。レシピ動画をフランス・パリからYouTubeやＳＮＳで発信している。『パリ在住の料理人が教える 誰でも失敗なくできるスイーツレシピ』(ＫＡＤＯＫＡＷＡ)など著書多数。

# スイーツの泣ける話

2022年7月31日　初版第1刷発行

著　者　鳩見すた／ひらび久美／朝比奈歩／田井ノエル／冬垣ひなた／溝口智子／一色美雨季／杉背よい／国沢裕／桔梗楓／霜月りつ／朝来みゆか／矢凪／えもじょわ
発行者　滝口直樹
編集　ファン文庫Tears編集部、株式会社イマーゴ
発行所　株式会社マイナビ出版
〒101-0003　東京都千代田区一ツ橋二丁目6番3号 一ツ橋ビル　2F
TEL　0480-38-6872（注文専用ダイヤル）
TEL　03-3556-2731（販売部）
TEL　03-3556-2735（編集部）
URL　https://book.mynavi.jp/

イラスト　中野咲子（扉）
写真提供　えもじょわ（カバー）
装　幀　坂井正規
フォーマット　ベイブリッジ・スタジオ
DTP　珍田大悟（マイナビ出版）
印刷・製本　中央精版印刷株式会社

●定価はカバーに記載してあります。●乱丁・落丁についてのお問い合わせは、注文専用ダイヤル（0480-38-6872）、電子メール（sas@mynavi.jp）までお願いいたします。
●本書は、著作権上の保護を受けています。本書の一部あるいは全部について、著者、発行者の承認を受けずに無断で複写、複製することは禁じられています。
●本書によって生じたいかなる損害についても、著者ならびに株式会社マイナビ出版は責任を負いません。
©2022 Mynavi Publishing Corporation ISBN978-4-8399-7937-9
Printed in Japan